中华先锋人物
故事汇

张 超

飞行超人

ZHANG CHAO
FEIXING CHAOREN

张吉宙 著

党建读物出版社　接力出版社

图书在版编目（CIP）数据

张超：飞行超人/张吉宙著. — 南宁：接力出版社；北京：党建读物出版社，2021.9

（中华人物故事汇. 中华先锋人物故事汇）

ISBN 978-7-5448-7375-8

Ⅰ.①张… Ⅱ.①张… Ⅲ.①传记小说－中国－当代 Ⅳ.①I247.5

中国版本图书馆CIP数据核字（2021）第162727号

张超——飞行超人

张吉宙 著

责任编辑：赵梦姝 曾诗朗	
责任校对：杨少坤 王 蒙	
装帧设计：严 冬 许继云	美术编辑：高春雷
出版发行：党建读物出版社 接力出版社	
地 址：北京市西城区西长安街80号东楼（邮编：100815）	
广西南宁市园湖南路9号（邮编：530022）	
网 址：http://www.djcb71.com　http://www.jielibj.com	
电 话：010-65547970/7621	
经 销：新华书店	
印 刷：河北鹏润印刷有限公司	
2021年9月第1版　2021年9月第1次印刷	
787毫米×1092毫米　32开本　5印张　80千字	
印数：00 001—10 000册　定价：25.00元	

本社版图书如有印装错误，我社负责调换（电话：010-65547970/7621）

目 录

写给小读者的话 ············ 1

梦想 ················ 1

参加"招飞"入伍 ········ 11

"我要飞" ············· 21

拉练 ················ 25

跳伞 ················ 31

首个"放单飞" ········· 39

航空母舰 ············· 49

新起点上的单飞 ········ 55

"我就是冲着王伟来的" ······ 65

编队飞行 ······ 73

迫降的"领头雁" ······ 79

回家探亲 ······ 89

守护南海 ······ 93

为爱坚守 ······ 101

"我要上舰" ······ 111

刀尖上的舞者 ······ 117

空中"飞鲨" ······ 127

向着大海的方向降落 ······ 135

写给小读者的话

亲爱的小读者,你知道舰载机吗?蔚蓝苍穹之下,碧海清波之上,舰载机从航空母舰上起降,这种高危险系数的行动,被誉为"刀尖上的舞蹈",而舰载机飞行员,则被称为"刀尖上的舞者"。一架架舰载机闪耀着太阳的光辉,呼啸着在航母上空画出优美的弧线,标志着我国正式开启了航母时代。

有一位舰载机飞行员,名叫张超,他出生于湖南省岳阳市筻口镇南沅村。还在读高中时,他就怀揣着飞上蓝天,守卫祖国海空的梦想,参加了两次"招飞",终于如愿以偿,成为一名光荣的空军飞行员。

在飞行学院学习时，张超就展示出了过人的天赋，门门功课优秀，次次战斗机改装首个单飞；在父母和乡亲们的眼中，他是一个孝顺的孩子；在妻子的眼中，他是一个好丈夫，他的爱比天空更辽阔，比大海更宽广；在首长的眼中，他是一个飞行的"好苗子"；在战友们的眼中，他是一个乐于助人的好兄弟；在空军地勤眼中，他是一个没有架子的好哥们儿……

二〇一六年春天，张超驾驶绰号为"飞鲨"的歼-15舰载机进行陆地模拟着舰训练时，飞机突发"电传故障"，在生死瞬间，他没有先选择跳伞，而是用尽全力去挽救战斗机，不幸以身殉职。

打开这本书，你会发现，一个英雄的身影，飞翔在碧海蓝天之间……

梦　想

　　湖南省岳阳市，素有"湘北门户"之称，位于江南洞庭湖之滨，依长江，纳三湘四水，江湖交汇，是一座有着两千五百多年悠久历史的文化名城。岳阳市东南方向，有一个小村庄——筻口镇南沅村。一九八六年八月，张超出生在这里。

　　张超是家里的"独苗"。农民出身的父亲张胜华有钳工、电工等手艺，在张超一岁的时候，张胜华就带着妻儿闯岳阳。几经周折，张胜华被岳阳市巴陵橡胶厂招为工人，一家人算是在岳阳扎下了根。从小学到中学，在这个小厂里的生活，贯穿了张超的整个童年。而这个普通的家庭，造就了张超朴实坚忍的品格。

一九九二年九月,六岁的张超,踏入了岳阳市土桥小学的校门。他还是个小学生,却有了当兵的梦想,因为,他的大舅、五舅都当过兵,经常给他讲军人的故事,这些故事深深地吸引了他。

小时候,张超最喜欢做的事情就是戴起舅舅的军帽、穿上军装拍照。小小的个子,穿上大大的军装,戴上大大的军帽,立正站好,表情变得严肃,真有几分军人的样子。

"爸、妈,快看,我敬礼标准吗?"

他右胳膊抬起,五指并拢,同时自然后拉,右手中指正好轻顶在帽檐与帽圈交接处。这是张超在电视上看过阅兵式后,对着镜子反复练习的结果。

"还真像个军人的样子呢!"

"站得真直!"

听到父母的赞许,张超笑得眼睛眯成了月牙儿,按捺不住心中的喜悦:"我长大后要去当兵!我喜欢空军。"

父亲笑着说:"这是你的理想,我们都支

梦 想　3

持你！"

"齐步走，一二一……"

喊着响亮的口号，刚迈出一个正步的张超，一个趔趄，差点被长长的裤腿绊倒，还没回过神来，咚的一声闷响，一只靴子飞到了面前的门板上，引得家人大笑。

熟悉张超的人都说："这孩子有大志向，将来一定有出息。"

时间过得很快。

二〇〇一年，十五岁的张超在岳阳市第七中学上学。当时，"海空卫士"王伟烈士的事迹传遍全国。"81192收到，我已无法返航，你们继续前进！"王伟在生命最后时刻留下的这句话，像大海的波涛，在张超的心里涌动，让他夜不能寐。

他的心中，再次扬起理想的风帆，驰骋在海天之间。

这之后，还在读高中的张超遇到空军"招飞"，他毫不犹豫，第一个报名应征。填报高考志愿的时候，张超执着地只填报了一个志愿。他对老师王亮说:"王老师,我不要'备用胎',我的理想就是飞向蓝天。"

夏天到了,可真热呀!走在校园里,几乎能看到从地面升起的热浪。即使有微风吹来,也像是热乎乎的蒸气扑在脸上。蝉鸣此起彼伏,诉说着夏天的故事。

张超的夏天,有一个飞翔的梦。

他抬头望天空,看到飞机飞过,便会停下脚步,满怀崇敬地行注目礼。

"我要当一名飞行员,我要飞上祖国的蓝天!"他在心里说。

可是作为家里的独苗,去当兵意味着长期离家,以后很难陪伴在父母身边,更何况是危险系数很高的飞行员,张超父母顾虑重重。但张超决心已定,只好找舅舅来说情。舅舅当兵多年,说话有分量,也讲道理,他特别喜欢张超这种执着的劲头,便对张超的父亲说:"让孩子试试吧,空军招飞很严,万里挑一。过了,说明这小子行,当飞行员,你脸上也有光。过不了,他自己也就死心了。"

父亲低头抽烟，皱着眉头，沉默了许久，一口烟气吐出，微微点了点头。

二〇〇三年第一次招飞，张超没有通过，但他没有放弃。

二〇〇四年的一天，又是空军招飞的日子，张超迈着自信的步伐，前去体检。他不服输，这一次，志在必得。

当时，空军招飞包含初检、复检、定选、政审等诸多环节，每一个环节都会淘汰很大一部分报名者，偏低的录取比例让每一个来参加招飞的人都手心冒汗。其中，初检包含视力检查和外科体检等，对应试者均有较高的要求，但如此高的要求还远不及复检的标准。如果说初检是检查身体健康程度，那么复检就是检查应试者能否在承受高度负荷的情况下，依然保持身体平衡、思路清晰。

张超的脸上挂着自信的笑容，走进体检场所，他总是一副胸有成竹的样子。梦想成真对于张超，像一场漫长的马拉松，此时此刻，就是等待发令枪打响的时候。

走廊里，站满了参加招飞的高中学生，乌泱乌泱的人群，出奇地安静。消毒水的味道飘散在空气里，灰绿色的墙皮受潮剥落，即使是盛夏，在这里站定后，也会有一股寒意从背脊传来。几十人排成两列，神情各异，有的兴奋，有的焦急，还有人抬头望着天花板，嘴里念念有词。是啊！只有马不停蹄地攀爬险峰、站在顶点的人，才能成为万里挑一的飞行员。

走廊里采光不好，天花板上的白炽灯全天亮着，老旧的灯罩混浊发黑，散射出微弱的光亮。尽头的一扇窗子，上面陈旧的铁丝网已经生锈，依稀能看到褪色的油漆。淡淡的光线从这里透进来，与窗外的树叶倒影，一起投射在地面上。这微弱的光线铺在每一个学生的脸上，勾勒出青春的轮廓。站在这里的人，怀有同一种坚定的信念——参军报国。

"能看清楚吗？"问话的是个医生。

坐在对面的考生面对陌生的视力表，眼神里满是失落——空军招飞使用的视力表可不是平常体检用的E字形视力表，而是兰氏环形视力表，也叫C字形视力表。相比于E字形视力表的四个方向双开口，C字形视力表有八个方向单开口。简单来说，在同样看不清楚的情况下，面对E字形视力表，猜对开口方向的概率是百分之二十五；而面对C字形视力表猜对开口方向的概率只有百分之十二点五，因此精确度更高，主要用来检测飞行员等对视力有高度要求职业的人员。

"别勉强了，回去考个好大学吧！"

大家一听，原本安静的走廊里骚动起来了。

"视力要求这么严格吗？"

"听说空军招飞要双眼裸眼视力1.0以上呢！"

"还听说身上不能有疤痕。"

"为啥不能有疤？"

"准确来说，是不能有瘢痕体质，不能有影响功能或容貌的瘢痕。"

一个瘦小的男孩站在队伍后面，两只手揪住衣服的下摆揉搓着，显得很紧张。空军招飞时，不乏一些偏远地方来的考生，他们没有那么多途径去了解招飞的标准，把焦虑和紧张全都写在了脸上。

"战斗机在超声速飞行过程中,需要进行剧烈的机动动作,这会让飞行员的身体承受数倍的重力加速度,而较大的加速度会使肌肉变形。出于安全考虑,战斗机飞行员要求身上的伤口不能太大,否则,强大的压力可能会导致皮肤顺着疤痕撕裂。"

张超说着拍了拍男孩的肩膀,告诉他不要紧张。男孩这才舒展开了眉头:

"哦……哦,原来是这样,谢谢!"

听到张超这么说,考生们齐刷刷回头看向他,夸他懂得多。张超不好意思地笑了,局促地抬起手挠了挠后脑勺儿:"哪里……我懂的也不多。"

体检进行得很快,一会儿工夫,初检就结束了。然而,收到复检通知的人却寥寥无几。张超各项指标正常,在复检之列。

复检更为严格,地点在北京。

十八岁的这个夏天,张超的梦想之花,慢慢地绽放。

参加"招飞"入伍

很快就到立秋了,秋意来得很急。枝头掠过几只寂寥的鸟,天上停着几朵洁白的云。清晨的阳光,照耀着大地。张超背起行囊,踏上了去北京复检的路。

张超昂首走在前面,父母跟在身后,他们各怀心事。满脸自信的张超,浑然不觉身后的父亲皱起了眉头。母亲看着张超急促的步伐,想说点什么,可刚张了张嘴,又把话咽了回去,轻轻拽了拽丈夫的衣袖。

父亲紧走两步:"伢仔,飞行员这个职业还是太危险……"

张超眼里闪着光:"爸,我觉得飞行员是这个世界上最酷、最勇敢的职业。"

"万一……"

"要是大家都怕,你不去,我不去,那谁来保卫祖国啊?"张超打断父亲的话。

十八岁的张超,不管什么是危险,也从不去想"万一",他的心里只有梦想。看着他坚定的目光,父亲没再说什么,觉得孩子长大了,有自己的想法,父母不能替他做决定了。

张超是个懂事的孩子,嘴上不说,心里明白他们的担忧。他告诉自己:"将来一定好好干,报效国家,报答父母。"

到了空军招飞局选拔中心,张超领到一张复检流程表。他还没来得及仔细看完流程,就被带去做转椅测试。

关于"坐转椅",张超早有耳闻,无论是从舅舅口中,还是在街坊邻居的传闻中,都听说过这种复检方式。张超跟随教官在走廊里拐来拐去,心想:自己听同学说过去游乐场坐海盗船的经历,不知道这个转椅是不是像他说的那样,人会晕眩,有失重感,甚至无法控制地发出尖叫。

"轮到你了，进去吧，听医生的安排。"

张超游离的思绪，被教官的声音拉回到现实中。眼前一个房间，不大，方方正正，靠墙一排座椅，一张方桌，是给排队的人用的，也是测试结束后的休息区，中间一把转椅，旁边站着一位军医。此时，坐在转椅上的人歪着头，左手向前伸，像是要抓住什么东西，右手用力按住转椅的一侧，身子仿佛不受控制，向着歪头一侧，扭成"C"字形。那人起身的一瞬间，右手一滑，膝盖弯了下去，双腿支撑不住，顺势就沿着转椅下滑。医生快步走向前，搀扶着他走到休息区。

尽管这个过程看起来很滑稽，在场的男孩们却没人笑得出来，因为，下一个这样滑下来的人，可能就是自己。担忧与梦想失之交臂的恐惧心理，填满了这个小房间。

"好好休息一下，如果不行，不要勉强自己。"医生说完，又拿出表格，对照着名单喊：

"张超来了吗？下一个是张超。"

"到。"

张超放下手中的物品，在医生的指引下坐上

14　中华先锋人物故事汇　张　超

转椅。

转椅作为招飞的必要检测项目，在世界各国都有相当长的历史。张超以前只是听说过这项检测，现在近距离面对转椅，才有机会仔细打量起来。转椅在造型上与普通座椅区别不大，由底座、椅面、靠背、扶手、脚踏架和安全带等组成。椅面较厚；椅面、靠背、扶手表面皆是黑色皮质，侧面与椅面反面以及脚踏架是烟灰色钢材质；底座很稳，像一个倒扣的漏斗，上窄下宽，精钢材质，表面喷了黑漆，显得尤为厚重。

张超坐下，头放在托槽内，双手紧握扶手，双脚置于脚踏架上，系上安全带。医生简单说明检测标准后，转椅就开始运转，速度越来越快。而转椅的难度可不止于此，医生还要求被测试者在转椅水平旋转的同时，跟随节拍器的节奏左右摆头，以此来测试其前庭机能。转椅开始匀速旋转，张超却觉得速度越来越快。耳边有呼呼的风声，他仿佛驾驶着战斗机，穿梭在云层之中，翻转、俯冲、推杆、拉升……飞过平原，看到了广袤的田野，清澈的河流；飞过丘陵地带和崇山峻岭；飞过汪洋大海……

足足旋转了九十秒，转椅才缓缓停止。张超感觉头部有些充血，脚也发麻。他的睫毛扇动了两下，房间里的灯光透过眼皮，一片红晕笼罩在眼前。一阵晕眩，他感觉转椅停了，但是脚下的地面好像还在转，胃里的酸水翻起来，他感到有点恶心。

"好，可以了。"

张超慢慢地睁开眼睛，一时不能适应天花板上射下的灯光。他又眨了一下眼睛，逐渐适应周围的光亮。"来，慢一点儿。需要搀扶吗？"

"谢谢，我自己可以的。"

张超谢绝了医生的好意，自己站起来离开转椅。他心里憋着一股劲儿，是从戎报国的决心，是向着梦想前进的动力。

"你先缓一缓，不要着急，眩晕感可能不会那么快消失。"医生提醒张超。

"我行的。"

张超像是个刚学会走路的孩子，摇晃着身体，步履蹒跚，小心翼翼地走到休息区。一坐下，他便长舒了一口气。医生也跟着放松下来:"小伙子,你很坚强,身体素质也好,加油啊!"

张超露出笑容:"谢谢医生。"

眩晕的感觉来得猛烈,消失得也很快。医生满意地点点头,在复检的表格上签了字。张超通过转椅测试了。

窗外,斜阳余晖洒落大地,天际散发出橙红色的光。

吃过晚饭,教官把大家集结起来,交代第二天需要检测的项目。大家认真听着,有的拿出本子来做记录。项目有很多:先查B超,接着就是耳鼻喉科、内科、外科、心电图、神经科,最后是眼科。休息时间是晚八点半至第二天早上六点。

天黑得很早,墨蓝色的夜空点缀着星星。张超躺在宿舍的床上,透过窗户看夜空,想父母,想未来。窗外,不知名的鸟儿咕咕叫着,衬得这夜格外静。

一定要休息好,明天还要检测视力。张超想着,慢慢地睡着了。

早晨，一阵铃响，大家纷纷起床，排队洗漱，交流着自己认识的战斗机型号。不一会儿，大家排好队，整齐地走向体检大楼。

终于，张超的体检表上签满了"合格"二字，但眼前的队伍，从昨天的二十几人锐减到十人。每个人的手里都拿着一份《献身国防事业志愿书》，这是从复检进入定选的通行证。

定选也包含心理选拔。最有趣的项目是在飞机模拟器上操控飞机飞行。张超第一次见到飞机的操控台，他很好奇，一坐下便瞅瞅这儿，摸摸那儿。模拟测试结束了，他的目光还停留在仪表台上，依依不舍地离开座椅。

傍晚，所有测试合格的人一字排开，教官一一发放通过此次选拔的纪念品。

队伍响起了热烈的掌声，大家一片欢呼，这是梦想开花的声音。

张超站得笔直，内心的喜悦和激动让他笑得分外灿烂。他郑重地接过纪念品，捧在手里，轻轻地摩挲着，生怕弄脏了。

"爸、妈，我成功了！"张超只想赶快回家，把这份喜悦和成功也分享给父母。

张超通过不懈的努力，凭着优异的表现，终于通过了空军招飞的层层考核，成为一名飞行学员，他也是当年岳阳七中唯一一名飞行学员。

拿到招飞入伍通知书的那一刻，张超激动地对父亲说："爸，我被空军大学录取了，我的心愿达成了！"

他又看向天空，有战斗机呼啸而过……

"我要飞"

中国人民解放军空军航空大学（以下简称"空军航空大学"）是我国唯一一所以培养飞行人才为主体，航空飞行指挥与航空工程技术专业兼容的综合性军事高等学府，也是培养过王海、张积慧等战斗英雄的"老航校"。

二〇〇四年入学后不久，张超领到了人生中第一套属于自己的军装。

张超穿上合身的军装，像一棵挺拔的松树，英姿勃发。

他一路跑到照相馆。

"小伙子，新兵吧？"照相馆老板阅人无数，一看张超的神情就猜出是新入伍的军人。

"哈哈，是啊！今天刚领到新军装，我想拍两张照片，寄给爸妈。"

"小伙子真魁梧，咱们的军人，真是又高大又孝顺，我们老百姓看了也安心啊！"

"保家卫国是我们军人的天职，穿上军装，我就一定尽好自己的职责。"

张超一边说着，一边仔细地整理军装，生怕跑了一路衣服出了褶子。

拍完照，张超选出最满意的一张照片，这张七寸照片上的少年，笑得格外开心。他入神地看着，不由得想起六岁那年，自己穿着舅舅那宽大的军装拍的照片。多年以前，那大大的军帽和可以当成风衣的军装，原来包裹着一个远大的梦想。

远在家乡的父母很快收到了照片，他们被照片上传递出的快乐感染着，他们笑着，评论着。说着说着，母亲的眼里就泛起了泪花，再看看照片上儿子的笑容，心里又宽慰了许多。

不久，空军航空大学发津贴了。张超领到了自己入伍以来的第一笔津贴，一百一十元。

张超只留下十元买日常用品,将剩余的一百元夹在信里,用信封装好,寄给了远方的父母。这一百元,是一名军人的孝心,是一个男人的肩膀……

张超铆足了干劲,在学校里发奋学习,加强训练,风雨无阻。求知欲、好奇心和搏击长空的梦想,促使他在知识的海洋里遨游,在一个新的领域中不断探索着、追求着。他从不敢懈怠,因为他深深懂得,这只是梦想的开始,未来还有很长的路要走。

张超的各科成绩都很好,可因为张超的哥哥是溺水身亡的,从小父母就不让他去河边,更别说游泳了,所以,张超的游泳成绩不太理想。

面对这样一个除了游泳其他功课都很优秀的学员,教员看在眼里,急在心里,有一次冲张超吼道:"不会游泳是要停飞的!"

停飞!这两个字就像一道闪电击中了张超。看着平静的水面,他的大脑一片空白,浑身发麻。

"不行!绝不能停飞!"张超第一次流下了眼泪,"我要飞!我能行!"他硬是咬着牙,闭上眼睛，扑通一声跳下水去。

一点儿一点儿试水，张超逐渐适应了在水中的感觉。经过训练，慢慢地，他可以在水中任意驰骋了。最终，他用了不到一个月的时间顺利通过了游泳考核。

张超对教员说："飞行是我的生命，没有任何困难能让我停飞。"

春来暑往，秋去冬来。校园里迎来了第一场雪，小小的雪花，先是试探性地抹白了大地，不一会儿，大片大片的雪花便飘然而下。

张超走在校园里，看着飞舞的雪花，心里想的却是飞行理论知识，咯吱、咯吱踏雪走向自习室。

雪地上的一行行脚印，指向的是未来天空中那一道道飞行的航迹。

张超的战友们都说："找张超特别容易，去两个地方就行——自习室和训练场。不管刮风下雨，去那两个地方准能找到他。"

拉　练

在空军航空大学，经过漫长的理论知识学习，张超终于迎来了第一次拉练。所谓拉练，就是部队离开营房基地或学校，到野外进行行军、宿营、实弹射击等课目练习，是一种模拟实战训练。

在野外行军的路途中，张超与战友们的心里既期待又忐忑：期待的是走出课堂参加实战训练，能够运用自己学习、积累的知识；忐忑则是因为，他们深知实战训练不是闹着玩的事情，在训练、演习、对抗的过程中存在着很多危险。

"要想成为一名优秀的飞行员，一定会经历许多艰难险阻，我们志向在此，这点困难不算什么！"张超对战友这样说，也是在为自己鼓劲。

晚上，参加拉练的新兵们住在一位老大爷家里。这是一个农家小院，三面院墙的底部用青砖垒起，上面都是黄泥夯成的，里面掺了不少麦秆，看起来很结实。墙外就是小小的菜园子，种有黄瓜、番茄和大葱。张超站在院子里，想起老家。无论走多远，家一直在他的心中。

"爸、妈，我们开始拉练了……"他望着家乡的方向，喃喃地说。

白天参加完训练，一个个累得浑身散了架，但他们依然遵守纪律，走起路来还是保持着整齐的队形，喊着口号回到了老乡家里。

"这可比我在老家秋收干农活儿累多啦！"一位战士这样说着，脸上却是笑容。

"但我感觉格外充实，学的理论知识有地儿发挥啦！"

"是啊！'天将降大任于是人也，必先苦其心志，劳其筋骨'嘛，没有人能够随随便便成功，我们一起加油！"张超说着，把布满汗渍的作训服脱下。

他的脸上总是挂着笑，朴实又阳光，像一个

邻家大哥哥。战友们都叫他"超",比他年龄小的战士叫他"超哥"。

"你们这些娃儿,和我的娃儿一般大,看你们每天这么辛苦,我心疼啊!"老大爷提着暖瓶走进来,"娃儿们,喝点热水。"

张超快步抢上前,赶紧接过暖瓶。

"大爷,我们当兵的,这点苦不算啥。"

"就是啊,超哥说得对。"

"是啊,大爷,这么晚了还麻烦您,以后我们来烧水。"

战士们七嘴八舌地说着。说话间,张超注意到了老大爷的那双手,上面青筋突出,常年的劳作把这双手变得黝黑、干皱,像一层老树皮粘在了手背上。

张超想起远在家乡的父母,想到也是这样宽大而温暖的手,把他抚养成人,又托起他的梦想。不觉间,他的心里酸楚起来。月亮挂在天空,又圆又亮。窗外,有蛐蛐叫着。偶尔,还传来一片蛙鼓。屋檐下,昏黄的灯光,引来一群飞虫。屋内,有人稍不注意,便会碰到挂着灯泡的电线,暖黄色的光,就在屋里荡漾开来……

慢慢地，屋里响起鼾声。要是你仔细听，还能听到年轻的战士在睡梦中喊"妈妈"呢！

鸡叫三遍，天刚蒙蒙亮。

刺啦，刺啦……院子里有声响，一个小战士倏地翻身起来，侧耳辨别是哪里传来的声音。这时，其他战友也都醒了，常年训练使他们异常警觉，一个个跑向院子。

大家一看，原来，张超早早起床，手里正挥动扫帚，在打扫院子呢！

战士们说笑着，各自去找趁手的家伙，在院子里忙碌起来……

一晃几天过去，拉练结束了。

收拾好行囊，趁着集合时间没到，张超熟练地挑起两个水桶，向井边走去，帮老大爷打了满满两桶水。

老大爷提着一个藤条编的菜篮子走过来，里面装有蔬菜、瓜果和鸡蛋。他走到战士们放背包的地方，拿起东西就往里面塞。

张超放下水桶，和战友们跑过去。

"大爷，您这是干啥？"

"大爷,我们有纪律……"

"娃儿们今天回部队啦,路上远,给你们带点吃的,别饿着啊!"

"大爷,您自己留着吃吧。部队上有食堂,我们能吃饱。"张超拉着老大爷的手,"大爷,您看看,我们的背包里也装不下这些啦。"

老大爷摸索了半天,也没能打开战士们的背包,经张超这么一说,又看了看塞满了作训装备的背包,便只好作罢。

张超转身走进屋里,在老大爷喝水用的搪瓷缸子下压了八十元钱,这是他此次外出拉练身上仅有的现金。

背起行囊,唱起军歌,战士们走向部队的车子。

路边,树下,围拢了一群人。乡亲们自发地来给战士们送行,老大爷也站在人群中,笑呵呵地冲着车上的战士们挥手。

车窗外,小小的村落越来越远,渐渐模糊在视线里。张超心想:有一天,我会不会驾驶着战斗机,飞过这个小村庄?

跳 伞

大学生活总是很丰富，也常常伴有惊喜。在空军航空大学的第二年，空军各级部队和机关装备了新式空军军服。新式军服换用"空军蓝"作为专用颜色，定名为"05式常服"。此刻，张超抚摸着军装，喜不自禁，先前所有的辛苦与汗水，都化为军装上的一抹天空蓝。

喜悦还没褪去，紧接着学校便组织开展跳伞练习。

听闻此事，战士们心情各异，有的紧张，有的淡然，张超心里则是满满的期待。他心想：只要按部就班地参加训练，跳跳沙坑，通过考核后，就能很快"摸"上战斗机了吧！

张超的想法是没错，可是这跳伞练习没有想象中那么简单。跳伞的初步练习，是从两米高的跳台上往沙坑里蹦，每天要跳几百次，不仅如此，还有专门的一套动作：腰微弯，腹收紧，两膝弯曲，大小腿成一百二十度夹角，从跳台上跳起直至落地，要时刻保持身体各个部位的弯曲角度。

为期十天的初步练习，战士们一个个咬紧牙关，在操练场上挥汗如雨……

一个晴朗的午后，张超又迎来一个惊喜。教员让大家在操场上集合。

"向右看齐！向前看！报数！"

教员站得笔直，两手别在后腰处，阳光落在帽檐上，眼睛藏在一片阴影之中，看不清表情。

"一、二、三……十一！"

"报数完毕，应到十一人，实到十一人。请指示！"

"稍息。大家在理论学习过程中表现优异，上级决定尽快开展跳伞训练，明天出发，地点在黑龙江双城，早晨六点集合。"

张超按捺不住心中的喜悦，嘴角不由自主地上扬。

他知道，雄鹰最美好的身姿，莫过于翱翔天空。

黑龙江双城，对于张超来说，是个陌生的地方，也是他期待已久的地方。在那里，他们将进行实战演练。张超数次在心里默念着这座城市的名字，心情很激动。

这天下午，战士们有半天时间，可以自由安排。趁着天气好，张超约了战友们一起打篮球。收到邀请的战友，无一不是一脸错愕——要知道，平时自由活动的时间，张超都是泡在自习室里，连休息日，都会想方设法地去进行模拟飞行训练。今天，他怎么突然想打篮球了？

张超看出了战友们的疑惑，笑了笑说："劳逸结合嘛！"

众人惊讶之余，匆忙换下作训服。张超抱着篮球，一行人有说有笑地走向篮球场。

张超很喜欢打篮球，也打得不错。入学这两年，他把大部分时间都用在理论学习上了，和战友们打球的次数寥寥无几。

这一次，可要好好会会他们几个！张超在心里说。

进攻、防守、运球、过人……大家在球场上拼抢。

酣战到傍晚，路灯都亮了，大家才意犹未尽地收拾好随身物品，走向食堂。路上，大家七嘴八舌地讨论着明天的跳伞训练。

"超，你知道明天跳伞的高度是多少吗？"

"没有收到具体通知，不过应该不会超过安全高度吧。"张超说，"不管高度是多少，我都挺期待的。"

跳伞的安全高度，有最高高度与最低高度之分。一般情况下，随着高度逐渐提升，空气会越来越稀薄，气压变得越来越低，温度也降低很多，不戴护具的话，五千米的高度，便是人体所能承受的极限了。最低高度则为五百米，低于这个高度跳伞，受制于降落伞的大小、打开的速度等因素，降落伞可能会无法完全打开，从而影响到安全性。战斗机的弹射座椅，在一百米高度以上弹射出，就能够保障自身安全。此外，飞机的飞行速度、跳伞的方式、天气与风向这些因素，也会导致跳伞的安全高度发生变化。

这些理论知识张超复习了很多遍，像是刻在脑子里一样，只要提到关键词，脑海里就会出现一连串的理论。张超回顾着，越来越觉得自己有信心迎接跳伞的挑战。

起床号声响起，战士们迅速起床。吃过早饭后，他们向着目的地出发。

一路上，军歌嘹亮。

目的地一到，战士们迅速列好队伍。教员戴上了"蛤蟆镜"，原本就看不出表情的脸，变得更神秘了。教员先讲解了注意事项，然后，战士们喊着口号给自己加油打气，陆续登机。

机舱里，战士们分两排，面对面坐着，开始检查降落伞包，确定无误后坐定，开始等待指令。此时此刻，飞机还没有上升到指定高度。

天气不好，风特别大，战士们在机舱里做着最后的准备。

一会儿，指令下达。战士们走到指定位置，

抱着膝盖半蹲，舱门打开，嗖的一声，第一轮跳伞开始了，空中开出一朵朵硕大的伞花。

对于跳伞着陆姿势，有着严格的标准，未着陆时下肢呈半蹲姿势，做到"三紧一平"，即两腿弯曲，并将膝关节、踝关节、前脚掌内侧靠齐夹紧，脚掌与地面平行。这种跳伞着陆姿势名为"半蹲式跳伞着陆"，这样做可以让跳伞者在初始接触地面后主动地大幅度弯曲下肢关节，通过延长缓冲时间和增加缓冲距离来减小冲击过载和预防潜在损伤。

第一轮跳伞结束，战士们表现优异，张超的操作尤为规范。正所谓趁热打铁，紧接着，又开始了第二轮跳伞。

风越来越大，云很少，气温很低。天空蓝得发黑，像一片没有波澜的大湖，深不见底，充满未知，看上去就让人心生胆怯。

在实战跳伞中，也会因天气恶劣、地形复杂等因素，出现各种各样的突发情况。无论面对怎样的天气条件，张超与战友们依然有序登机，满脸坚毅。

跳伞

第二轮跳伞训练有序进行着，这一次，面对恶劣的天气条件，学员队伍中有二十多名同学受了不同程度的伤。

张超降落到地面后，迅速收起自己的降落伞，在伞降场顶着大风跑来跑去，帮着其他人收伞，搀扶受伤的同学撤离到安全区域。

事后，战友们问他："当时那么危险的情况下，你又跑回来帮我们，你不害怕吗？"

张超笑着说："当时没想那么多，我只希望大家都平平安安地归队。"

首个"放单飞"

由于空军是由航空兵、空降兵、通信兵、雷达兵等八大兵种组成,所以经过空军航空大学两年的院校培养,张超现在面临着转校,需要选择进一步细分的领域进行学习研究。

他最想成为一名战斗机驾驶员,最想完成的目标,就是驾驶歼击机翱翔在碧海蓝天之间。

具备教授歼击机驾驶技术能力的院校中,有空军第四飞行学院。这所飞行学院坐落在河北省石家庄市,是一所初级飞行指挥学院,担负培养具有歼击机飞行驾驶技术,初步具备航空兵部队指挥、管理能力的初级指挥干部的任务。

二〇〇六年,经过两年多的理论学习与实战

训练的张超从空军航空大学的学员,变成了空军第四飞行学院的一名学员。在这里,张超可以学习到更多驾驶歼击机的初级知识与操作技能。一路走来,张超距离上战斗机、搏击长空的梦想又近了一步。可是,这个时候,发生的一个"插曲",让张超的心纠结了一下:与他从小一起长大、比他早一年通过招飞的表哥,在目睹一起飞行事故后,打起了退堂鼓。

表哥对他说:"你也别飞了,你家就只有你一根独苗啊!"

张超听完后,先是沉默,却没有丝毫动摇,依然选择继续飞。

北方的冬天格外冷,雪下得也多。雪花纷纷扬扬地飘落,谁都没注意到什么时候落下第一片雪花,更不知道雪何时会停。雪落无声,校园里很静。张超抱着书,踩着雪,低头思索着歼击机的电力系统,快步向自习室走去。

灯火通明的教室,窗户上结了一层水雾;聚多了,变成一颗颗小水珠,往下滑动;滑到底,玻璃上便留下一块细细的、透明的区域,从中可以窥见模糊的、白色的校园。窗外北风呼啸,张超脱下外套,把头埋进课本。马上面临着改装训练,张超的压力很大。

改装训练可不像寻常的"改进装备"。改装是飞行员专属名词之一。改装训练意味着,理论考核优秀,并且通过实践训练后,飞行员更换飞行装备。也就是说,张超完成改装后,就可以飞歼击机了。

虽然张超努力钻研,但这庞大复杂的战斗机操作体系,依然让他头疼不已。电力、液压、引气、发动机、燃油系统……飞行员不仅要精通每一板块的操作,还要有迅捷的反应能力,毕竟,飞在天上,绝不允许有半点认知错误与操作失误。

这次改装,不仅仅有张超一人参与,与张超一起来到空军第四飞行学院的同学有很多,他们这些同一批次转校的学员现在都面临着改装。大家都想首个"放单飞"——放单飞就是指飞行员独立驾驶战斗机飞行,在飞行学院这个高手如林的学府,首个放单飞的飞行员,一定是学员中的佼佼者。对于所有飞行学员来说，放单飞就是飞行员的成人礼。

晚上八点多，自习室里坐满了人，遇到认识的人，就互相点头示意，很少出声，有点高考前大家在复习时的感觉。张超坐在后排的位置，从这里望向前面，一个个学员都保持同一个动作，很长时间也不动，像是一尊尊雕像。张超深刻地认识到"学如逆水行舟，不进则退"的道理。

特情研究、航理考试、地面演练……张超的笔记本上排满了近期要参加的考核、训练，后面标注着日期。"好记性不如烂笔头"是上中学的时候，班主任王老师经常对同学们讲的一句话。从那以后，张超便养成了记录日程安排的习惯。他总是提前合理安排时间，让学习、复习、训练都有条不紊地进行着，从不出差错，这也是他在学习训练中能够拔尖儿的原因之一。

即使刻苦学习，张超面对复杂的飞行仪器，也依然不敢掉以轻心。他将书上、笔记本上密密麻麻的字和数据逐一复习着，遇到难以理解的理论知识，就轻声读出来，仔细品味着。

张超有一套学习办法，对一遍就能学明白的理论，为了加强印象，课后还要倒推一遍，如果过程中遇到问题，便去请教老师；而遇到不能一下子就理解的知识点，他就泡在自习室、图书馆，查阅资料，想尽一切办法，先搞清楚初步的理论支撑点，再反复消化。毕竟一些高深的理论，如果搞不清楚原理，连向老师提问，可能都无法描述出具体问题。

同住一个宿舍的舍友吴英杰，因为一次意外导致尾椎受伤，每天都要做康复训练，没有办法上理论课。吴英杰急得团团转，如果这次改装落下进度，将会面临停飞。战友们每天忙着学习、实践，吴英杰看在眼里，急在心里，情绪低落。

住在同一个屋檐下，战友的心思，张超很清楚，他对吴英杰说："放心吧，有我在，不会让你掉队的！"

从此之后，张超一下课就找吴英杰，给他补课，白天没讲清楚的，晚上睡前再讲一遍。几个月的时间里，张超两头跑，既没让自己的功课落下，也让吴英杰追上了进度。看着张超为了辅导自己而瘦了一圈，吴英杰不知道怎么感谢他才好。

"超，谢谢你！要是没有你，我就停飞了。"

张超笑笑，拍拍他的肩膀："都是战友，别说见外的话。"

时间流淌，雪落无声。

"超哥。"身后一个抱着书的学员轻声叫着，唯恐打破自习室里安静的氛围。或许是声音太小，见张超并没有反应，他又叫了一声："超哥。"说话间伸出右手，轻轻落在张超的肩膀上。

"哎！"张超一个激灵喊了出来，猛地回头一看，原来是和自己一起转校的同学小聂。

"好你个小子，吓我一跳。"张超缓了缓。

"超哥，你想啥呢？叫了你两声都没听见。"

张超把食指轻放在嘴边，摆了一个"嘘"的动作，小声说："在想上午老师讲的导航系统呢！"

紧接着，他披上外套，一个眼神示意，小聂就紧跟着他走出自习室。

"超哥，单飞前的流程我还不太熟悉，主要是排查飞行隐患这一块,你能给我讲讲吗?"

"正好我刚才也在复习这些,刚捋顺,你还挺会挑时候呢!"张超从口袋里掏出一个巴掌大的小本子,"单飞前,教员会要求咱们学员,严格按照程序细致检查,有几个重点排查对象需要注意,首先是导航系统,还有发动机系统。尤其是发动机系统,一定要认真细致,不仅仅要排查故障,也要提出相应的方案、办法去维修,这些都是算在成绩考核里的⋯⋯"

两个人热烈讨论着,天气寒冷,嘴里呵出的白雾,瞬间消散在空气中。张超时不时地用手比画着。走廊里,两个身影被灯光拉长。窗外,大雪纷飞。

连着几天好天气,地上的积雪也融化了多半,只剩下这儿一堆、那儿一簇的,散落在不起眼的角落里。学员们一字排开,站在训练场上。今天,是学员们迈向战斗员的第一步——独立驾驶战斗机单飞。

在单飞前,经验丰富的飞行教员,会帮助学员们分析云高、可见度、风速等要素对飞行产生的影响。

教员分析完毕，全员立正听令，张超首个出列。在这次改装训练中，学员们均以全优的成绩，通过专业理论、模拟机训练、地面准备等测试，张超又是学员中成绩最好的一个。此次首个"放单飞"，非张超莫属。

一架战斗机停在眼前，张超的目光再也离不开它。在阳光的照射下，这架歼击机熠熠生辉，光洁的机身上，倒映出白云的影子，它像一只白色雄鹰，静静地等待着属于自己的战斗员。

张超按照指令登上战斗机，按照规定做好开飞前的准备。随后，指挥员一声令下，战斗机缓缓滑出，刚进入跑道，尖锐的声音响起，战斗机尾部喷射着火焰，速度越来越快，刹那间腾空而起，飞向指定空域。

看不清头盔下张超的表情，此时此刻，他正在接收指挥员的指令。在严格观察飞行数据、灵活使用空域的基础上，还要进行指定的操作。"盘旋、升降转弯、俯冲跃升……"这些操作，张超在模拟机上做了千遍万遍，再熟悉不过了。

"完成指令,请求返航。"

"准予返航!"

地面塔台传来了指挥员的指令。

天空中,一阵尖啸声掠过,战斗机在张超的操控下返航,丝毫不差地降落在指定跑道上。此时战斗机的速度非常快,滑行到指定路标处时,尾部哗的一声,绽放开两个减速伞,极大增加了风阻。随后,战斗机平稳地减速,缓慢地滑行,逐渐停止。

在地面等待的教员、指挥员和观测学习飞行的学员们,爆发出热烈的掌声。张超纵身一跃下了战斗机,这时候,塔台一直监测的飞行数据也出来了:张超首次单飞训练,各课目均达到大纲标准,操作规范,顺利完成歼击机单飞任务!

学员们一拥而上,逐一与张超击掌庆贺,欢呼声充满了训练场。

接着,战斗机次第滑出,伴随着一声声呼啸直冲云霄。碧空中一道道白色航迹,是学员们成长的轨迹。

随着最后一架战斗机降落在跑道上,这次单

飞训练落下了帷幕，学员们均以高标准的质量通过考核。再看这支队伍，每个飞行员胸前都别上了红花，肩上披着红绶带，手举着奖牌。张超是首个放单飞的飞行员，站在队伍前列，眼神里多了一份笃定和自豪。

在翱翔于蓝天的那一刻，他深刻地体会到，所有的付出与汗水都是值得的！

此后很长一段时间里，学院根据新飞行员的实际情况，制订了科学合理的训练计划。张超从不懈怠，按照计划逐步提升自己，向着更高的目标前进。

航空母舰

张超很喜欢看书,尤其爱读军事杂志,从小就对舰船炮艇、飞机坦克的各种型号和故事有所涉猎。学员中,说到对各个年代、各种型号的军事装备的了解程度,无人能比上张超。对军事装备感兴趣的年轻学员们,都喜欢同张超一起探讨、交流。但更多时候,都是张超在给他们讲一些有趣的历史故事。

结束一天的学习后,有不少学员来张超宿舍串门,期待着能听一段课外知识。这种情况一般出现在周五的晚上,因为第二天没有训练任务,大家可以放松一下。

刚洗漱完的张超,一边用毛巾擦着脸,一边

用肩膀推开了门。门半开时，张超看了一眼屋内，脸上便露出了笑容。

"哥几个这么早就来了？"

"等你半天了，我们都等不及了。"

"超，我真佩服你，书上有的你懂，书上没有的你也知道，你脑子里是怎么装下这么多东西的？"

"哈哈，从小我就喜欢这个，看了就忘不了。积累多了而已，我也不是什么都懂。"说着，他把毛巾向身后一甩，唰地一下挂在了毛巾架上，"说吧，今天想研究什么战斗机啊？"

"我们今天想听个'大的'。"

"大的？什么大的？大的飞机吗？"

屋子里的人你看我，我看你，不约而同地笑起来。

"哈哈哈……你怎么三句话离不开飞机啊？"

"怎么样？我就说吧，超哥一定猜不到'大的'是什么。"

"好了好了，别闹了，咱们就告诉他吧。"

"'大的'是航空母舰。"

"嗯……航空母舰。"

张超若有所思。

"怎么了，超哥？是不是问到你的知识盲区了？"

"小菜一碟，这可难不倒我。那我就给你们讲个故事，你们听听看。"

张超顺手拉来一把椅子，正襟危坐，摆出一副说书先生的样子。

"一九四三年，英国人开工建造巨人级航母'尊贵号'，历时两年，于一九四五年下水，之后又过了四年时间，在一九四九年卖给了澳大利亚，同时更名为'墨尔本号'，此后，便一直在澳大利亚服役。一九八四年，我国某公司以拆解废钢铁的名义，买下这艘航母。后来，它被牵引到广州黄埔船厂，在拆解过程中，积累了些经验。

"在'墨尔本号'之后，我国先后获得了俄罗斯的'明斯克号'和'基辅号'航母，这两艘航母比'墨尔本号'大许多，也年轻不少。'基辅号'于一九七二年下水，'明斯克号'在三年后的一九七五年下水，满载排水量都超过了四万吨。"

"超哥，这两艘航母这么新，我们可以改造后服役使用吗？"

"当然不行啦，'明斯克号'和'基辅号'航母均已服役了二十年左右，陈旧老化，航母上的钢材已经有了金属疲劳，能够承受的冲击力不再是巅峰状态了，再加上满载排水量吨位不大，已经不能继续服役了，于是，先后被改造成了主题公园。"

讲到这里，张超停顿了一下，拿起水杯喝了一口水。

"后来呢？"大家瞪大眼睛盯着张超，迫不及待地想继续听下去。

"后来，军事装备越来越现代化。可要造一艘航母，需要的技术不少呢，不仅需要几百种工业门类、成熟的产业体系，而且，大到航母的雷达、钢材，小到电子系统、阻拦索等设备、设施，都有严格的标准。"

"好复杂啊！"

"放在以前，这些是很复杂，但是现在可不同了。咱们国家日益强大，已经具备了建造现代化航空母舰所需的条件啦！建造咱们自己的航母，也只是时间问题了。"

"我好想快点看到咱们自己的航母！"一位学员说。

"快啦，快啦！我想在航空母舰上起飞，驾驶最厉害的战斗机，从大海飞向天空！"张超说，"咱们只要刻苦训练，都能达到自己的目标，一起加油！"

"加油！"一声声加油，喊得洪亮又整齐。

这个时候，中国的海岸线上，大连造船厂，即将诞生我国第一艘航空母舰——"辽宁舰"。

新起点上的单飞

早在西汉时,张骞就出使过西域,自此开始,历史上一条连接中国与欧洲诸地的商业贸易通道——丝绸之路被逐渐开辟。这条路上,有一个西部重镇——凉州,为河西走廊之门户。

凉州地势平坦辽阔,为河西最大的堆积平原,南依祁连山,北接腾格里沙漠。凉州以其"通一线于广漠,控五郡之咽喉"的重要地理位置而闻名,自古以来一直是兵家重地,被称为"兵食恒足,战守多利"的险要之地。

两千多年后的今天,凉州变成了甘肃省武威市,空军第五飞行学院就坐落于此。这里交通便利,飞行条件优越,是培养飞行员的摇篮。

时间像奔涌的河水，一路流淌。季节交替，桃花谢尽，荷花就要开了。

二〇〇七年六月，张超转校来到了空军第五飞行学院。这是张超初次踏足凉州。

傍晚时分，张超看向一望无际的平原，又大又圆的落日，金光闪闪，天边的云彩，像红色的海浪翻滚着。

张超想起了在中学的时候他最喜欢的那首诗——盛唐时期著名诗人王之涣的《凉州词》：

黄河远上白云间，一片孤城万仞山。
羌笛何须怨杨柳，春风不度玉门关。

这首诗写尽了山川的辽阔苍凉，边疆卫士的孤独感，勾起人们无尽的离愁别绪。张超身临其境，感慨万千。回过神来，他很快平复情绪，三年来的军旅生涯，使他成长为一名坚强的军人。

新的校园里，张超和小聂，并排走在树荫里。

"小聂，没想到咱俩这么有缘，在新学院又能并肩战斗了。"

"哈哈,超哥,我跟定你了,以前请教你那么多问题,这次改装,我一定比你先放单飞。"

"可别小瞧我,我可不会落在你后面。歼-8战斗机,我一定要首个放单飞!"

张超停下脚步,眼神里闪过一丝悲伤。

"当年那次撞机事件,王伟驾驶歼-8战斗机,将生死置之度外,用生命捍卫祖国的领空安全……"

说完,两人默默无语。

二〇〇一年四月一日,海军航空兵飞行员王伟驾驶81192号战斗机紧急升空迎敌,被对方螺旋桨打掉尾翼,消失在海天之间。

"呼叫81192,这里是553,我奉命接替你机执行巡航任务,请返航!"

"81192收到,我已无法返航,你们继续前进!"

塔台检测到飞行数据,呼叫飞行员王伟,令其返航。但碰撞发生以后,中国战斗机坠毁,王伟跳伞,下落不明,后被确认牺牲。那一年,飞行员王伟用生命捍卫了国家的尊严。

一个英雄倒下了，立起不朽的丰碑。张超和无数热血男儿，追寻着英雄的足迹，不畏艰险，奋勇向前。

此次改装歼-8战斗机，也是他宏大目标中里程碑式的一步，他要驾驶最好的战斗机，捍卫祖国的领空，保护人民的安全。张超明白，先前的一切训练只是积累，要想冲向新的高度，学习与训练一刻也不能停歇，反而要更加刻苦。自此，他很快进入状态，学习更高深的理论知识，接受更严苛的训练模式，在新的起点上接受新的挑战。

夏天的蝉鸣，消散在秋天的风里。大西北的风，一点儿也不温柔，猎猎作响，有时夹杂着细小的沙砾，咯棱咯棱地往脸上扑。他的脸，比刚入校的时候又黑了一些，学员们打趣说他像个老飞行员，看起来沧桑了不少。

"哈哈，可不是嘛！谁叫我们飞行员是离太阳最近的人呢！"张超依旧是那个朴实阳光的大男孩，笑容无比灿烂，充满自信。

改装训练接近尾声，今天是放单飞的日子。张超期待已久，不仅仅因为可以检验自己的训练成果,更是因为终于能独自驾驶歼-8战斗机。往训练场走的路上,他就开始想象自己坐在驾驶室里的场景。

在训练场的机棚,停着一排歼-8战斗机,灰白色的机身上一尘不染,两侧进气,大三角翼面布局,机头宽且长,是为了安装大口径雷达……战斗机威武雄壮,即将起飞。

教员介绍道:"歼-8战斗机是我国第二代战斗机,一九八〇年开始服役,是中国在二十世纪六十年代开始设计研制的双发高空高速截击战斗机,是中国空军和海军航空兵二十世纪八十年代至二十一世纪初期的主力战斗机种之一。"

讲到这里,教员稍做停顿,接着说道:"想必大家为了这次改装训练做足了功课,接下来,关于歼-8机型的详情,大家还有什么补充说明吗?"

小聂率先一步出列:"歼-8战斗机,北约代号Finback,译文长须鲸,可进行超声速飞行。"说完向后一步回归队列。

"很好,还有继续补充的吗?"教员继续问。

队列里一片沉默，时间一秒秒地流逝。这时，张超出列，打破了沉默的局面："歼-8战斗机，最高飞行速度可达2.2马赫，可高空飞行作战，飞行高度为两万米，同时具备超视距空战能力，是为国土防空需求而诞生的双发全天候截击机。"

"不错，那么你来解释一下，什么叫作'超视距空战'？"

"由于人的视力范围有一定限度，在空中看到一架战斗机的平均距离是八千米左右，两架飞机在这一距离内空战，称为'目视格斗空战'，这是七十年代以前常用的作战方式。而'超视距空战'一般是指两机距离八千米以上，超出肉眼可见范围时，用雷达或红外线瞄准跟踪装置发现目标，并依靠这些设备来作战，俗称'看不见就打'的空对空战斗。'超视距空战'代表着更高的科技水准。"

"非常好！看来张超做足了功课。"教员点头示意张超归队，继续说，"我很高兴，你们的理论知识掌握得很好。但是，你们要想成为更强的飞行员，光有理论是不够的，今天的改装飞行，就是一个证明你们能力的机会,希望大家能够把握好这次机会。同时,预祝你们此次单飞考核取得好成绩!"教员的目光依次扫过每个学员的脸。

"立正!"

整齐划一的唰唰声中,每名学员脸上都挂着十足的自信。张超盯着战斗机,眼里闪着光,握紧拳头,心里喊道:歼-8,我来了!

天空浅蓝透亮,天公作美,大西北的风沙似乎也小了。

这次放单飞,张超依然是首位。他提着装备,自信满满地走向歼-8,进行飞行前的最后检查。与往常训练时一样,签字、登机一系列流程,张超很熟练。进入驾驶室时,他的脸上露出了大家熟悉的笑容,更多了几分从容与自信。

"打开加力起飞!"张超的声音,通过无线电设备传到塔台。

"计时起飞!"塔台迅速发出指令。

推油门、加速、拉杆、爬升,一连串的动作在几秒内完成后,战斗机尾部喷射火焰,呼啸着升空……

张超顺利起飞后,学员们依次登机。

苍蓝的天穹之下,学员们驾驶战斗机,飞行在指定空域内,半滚倒转、急上升转弯、大坡度盘旋……熟练地做出一个又一个战术动作。

一小时后,一架架战斗机,依次对准跑道,有序降落。张超放下起落架,伴随着一阵尖啸声,战斗机降落在跑道上,滑行的速度极快,打开减速伞后,速度才变缓许多,最终缓慢地滑行,进入机棚。战斗机完全停稳后,张超朝着塔台方向竖起大拇指。

当最后一名飞行员驾驶战斗机稳稳着陆后,教员早已准备好了鲜花,在训练场地等候,热情拥抱每一位单飞归来的学员。学员们手捧鲜花,在战斗机前合影留念。这次改装完成,标志着他们的飞行水准更精进了一步。

张超和学员们说笑着,讨论飞行心得,沉浸在幸福中。此时,又有一个好消息传来:飞行学院即将装备最新的07式军服!

消息一传出,学员们顿时炸开了锅,接到命令后,一刻也不停歇,奔向后勤处。

浅蓝色的半袖衬衣，一对肩章，盾牌样式臂章，右前胸一对飞翅图案作为飞行员的兵种标志，深蓝色的制式军裤，黑色贝雷帽，一身军装搭配制式夏袜与黑色制式皮鞋，穿上夏季常服的学员们争着照镜子，一个个精神抖擞，将中国军人的自信、豪迈完美地展现了出来。

张超站在镜子前，转来转去地看着得体的军装，倍感自豪。他又想起小时候，穿着舅舅那大大的军装的样子，忍不住笑了起来。

"我就是冲着王伟来的"

时光倏忽而逝,张超从军校毕业了。在英雄王伟的感召下,他选择成为一名海军航空兵,来到海军航空兵训练基地,继续学习、训练。

第一个飞行日,教员惊讶地发现,张超"手一点儿都不生",比起其他学员,张超操作老练、沉稳许多,座舱各项操控得心应手,空中注意力分配合理自如,是一个飞行员的好苗子。

在训练基地的时间里,张超依旧没有松懈,忙于学习理论,飞模拟机,和战友一起找"飞行感觉"。

有一次,张超和战友们讨论到关键处,随手掏出来一个飞机模型,一手托着,另一只手比画着。

战友们问他："超哥，你已经飞得这么好了，理论考核也好，为啥还这么不停地学习啊？"

张超说："我想飞更厉害的战斗机，学习不能停下啊！"

张超的这种学习态度，使战友们钦佩不已，大家都拿他当作标杆。

二〇〇九年，张超作为优秀毕业生，本有机会留校任教，但他坚持到一线作战部队，他想成为一名战斗员。他主动提交申请，来到"海空卫士"王伟生前所在部队——海军南海舰队航空兵某团。

留校任教，是一份轻松、稳定的工作，而且机会难得，只有像张超这样的优秀毕业生才有资格留下。

师父赵健劝他："留校相比于一线作战部队压力小，面对的危险也少，在这里一样可以飞。"

张超却坚定地对师父说："我不想守着古长城过日子，想到飞行一线去。"

自己带出来的徒弟，还是自己更了解。赵

健拳头一挥说:"你小子有种,是雄鹰终归要上蓝天。"

张超到南海舰队某团报到时,时任团长邱柏川打量着这个大男孩,开口问:"为什么想来南海舰队?"

张超说:"我就是冲着王伟来的!"

这句话,让邱柏川为之一振。

分到部队上,张超以后要飞的战斗机,就是王伟曾飞过的歼-8。

部队上的生活与学院里的生活有很大不同,首先是理论学习的时间减少了许多,相应地,训练时间越来越长,内容也更加丰富,考核更加严格。让张超没想到的是,刚来不久,他就目睹了一次飞行事故:一架战斗机突然失速坠毁,飞行员跳伞逃生……

这是张超第一次感受到飞行事业的残酷,但这并没有让他退缩。当晚,张超在日记中写道:"每个人都会珍惜生命,但飞行员首先要珍惜有限的飞行生命,不能一遇危险,就收起飞翔的翅膀。"

起初，张超并不适应这种快节奏的部队生活。二十三岁，同龄人甚至还没有大学毕业的年纪，他已经辗转南北，奔赴多个城市、地区学习、训练；现在，更是背负起守卫祖国领空安全的重任。通向梦想的道路，并不是一帆风顺的，看似平坦的大道背后，不知洒下多少艰辛的汗水。他不能停下来，也停不下来。

海南的气候与北方完全不同，常年炎热湿润。经过大西北风沙的洗礼，张超的身体已经适应了大风干燥、暴雪沙尘，一下子转变成烈日当空、椰树海风，这使他最初的几个月有些水土不服，身上每天都汗津津的，人显得无精打采，身体很快瘦了一圈。即使这样，他的理论成绩依旧没有落下，训练也是最认真的一个。

"早一天能胜任飞行任务，就能早一天和战友们比肩翱翔，与战友们同使命共担当！"他说。

每一次战备值班飞行，飞行员们都带着保卫祖国领空安全的责任去执行。南海领空的安全，落在了每一位飞行员的肩膀上。

战备值班不是小事，也会伴有危险。为了飞

行员的安全着想，每次执行值班任务时，都是编队飞行。飞行时，长机在前，僚机在后侦察掩护。长机是编队里带队飞行的飞机，是"领头雁"的角色，驾驶长机只有飞行技术高超、飞行考核拔尖儿的飞行员才能胜任，张超早已把飞长机当成了自己的下一个目标。

"我要飞得最好！"张超一边慢慢适应着新环境，一边不停地学习。没有训练任务的时候，他就去飞模拟机，时间短的小假期也不回家，一直泡在训练场里。总之，在部队上的日子，他从不允许自己闲下来。

有一位战友与张超年龄相仿，姓裴，大家都叫他小裴。他与张超共同话题最多，两人一起训练的时候也配合默契。在营地里打篮球时，两人也喜欢在一支队伍里携手战斗。小裴很大方，经常把自己的"存货"——零食、饮料与张超分享。张超也拿出自己压箱底的军事历史故事，讲给小裴听。

这一天，两人在回宿舍的路上，张超讲了这样一个故事：

第一次世界大战前，飞行员往往都是单打独斗，在天空中闪转腾挪，盘旋俯冲，与敌军飞机一对一缠斗。那段时间里，各国飞行员也没有多余的想法，一对一战斗，像是君子之间不成文的约定一样，没人提起，但也没人不遵守。

直到一九一五年的一天，当时号称"空战之父"的德国王牌飞行员波尔克像往常一样，紧紧咬住敌军飞机，在后紧追不舍。敌军飞机狡猾得很，眼看逃脱不了追击，便一头扎进了云层里，顿时消失得无影无踪。波尔克立刻做出了判断：敌军飞机在可见度极低的云层中，不能长时间飞行。于是，他驾机俯冲追击。伴随着刺耳的引擎轰鸣声，波尔克俯冲来到低空空域。低空飞行战斗机速度降低，可见度也更好。突然，他发现身后有另一架敌机在追踪他！而他事先完全没有察觉到。

面对危险，波尔克立刻联络自己的老战友，德国另一个王牌飞行员殷麦曼，他们结成了空军史上第一对双机。他们制定了一套空中联络信号，通过信号传递信息，互相为对方的视野盲区提供掩护与侦察，这种协同作战的方式，能够有效地发现从身后切入的敌军飞机。波尔克和殷麦曼在空中配合默契，加上自身高超的飞行技术，取得了赫赫战果。

从此，世界各国空军纷纷采用这种新型的战斗方式，也就是后来的编队飞行，即长机、僚机之间有攻击、有掩护的协同作战。

讲完故事，两人刚好回到了宿舍，小裴还沉浸在故事里："讲完了？"

"讲完了。"

"原来编队飞行是这么来的呀，真是长知识了。"

"不过，以前的编队飞行与现在的编队飞行相比，可完全不一样哟！"张超说，"现在科技发达了，雷达覆盖的范围越来越广，执行飞行任务时，也会有预警机帮助侦察。"

"那为什么还要有僚机存在呢？"

"那是因为呀，现在的战斗机都是超声速高空飞行，超视距作战应用也越来越多，因此长机与僚机的区别，就是指挥与作战的区别了。"

"哦……原来如此。"

过了一会儿,小裴突然想起另一件事,问张超:"超哥,我不明白,有留校这么好的事情,你为什么一定要来一线作战部队啊?"

"嗯……这个嘛,"张超收起笑容,斩钉截铁地说,"血性男儿志在海天之间,进部队宣誓的时候,我就下定决心,要到一线来。"

张超也在用行动践行自己的誓言。他在部队的各项训练成绩优异,在飞行生涯中,多次经历空中特情,每次都直面生死考验,但他临危不惧,运用高超的飞行技术,沉着冷静地处理特情,团领导与战友们都对他称赞不已。

编队飞行

二〇一〇年,张超来到南海舰队有一段时间了,早已完全适应了海南的气候和部队的生活。爱笑、朴实又乐于助人的张超,与战友们相处得越来越好。

近两年来勤学苦练,付出的努力没有白费,张超每项考核都是优秀,飞行技术也比求学时有了质的飞跃。张超成为同批次首个放单飞的飞行员和首批长机飞行员,晋升为正连职飞行员。他是全团六名"尖刀"队员中最年轻的一员,迅速成长为一名优秀的三代机飞行员。

在部队这个大家庭里,战友们情比金坚,谁遇到困难,大家都会伸出援手,帮忙想办法解决。张超也凭借自己深厚的理论知识储备和积累下来的飞行经验,给战友们做辅导。有的战友怕麻烦他,不好意思开口问问题,他总说:"你们问我问题的时候,也是在帮我复习这些内容,有什么问题尽管来找我。"

孙明杰就是这个大家庭里的一员。刚来部队时,他飞行遇到了瓶颈,迟迟不能参加飞行考核,眼看着战友们每天战备值班,驾驶着战斗机保卫祖国的领空安全,自己却不能上机,在宿舍里急得团团转,整日愁眉苦脸。

张超知道了这件事情后,笑着安慰他:"不要着急,我当初还不如你呢!"说完,又把自己的飞行心得分享给他。在张超的耐心开导下,孙明杰逐渐找到了方向,也变得爱笑了。

很快,部队安排了飞行考核。部队的考核,和学院的相比,有了新的标准,不仅仅是检验学习、训练成果,还有许多高难度战术动作;增加了编队飞行考核,即长机、僚机编队飞行,并且一同完成战术动作,是对团队协作的考验。新进入部队的战士们,只有通过检验才有资格参加战备值班，在祖国南海上空飞行。

这一次考核，张超作为有经验的老飞行员飞长机，带领刚进入部队的战士们，帮助他们熟悉航线。这次作为长机飞行员带领编队飞行，是首长对他付出努力的肯定，也是他成长路上的里程碑。

集合前，在宿舍里，张超弓起身子，低着头，认真地擦着皮鞋，一旁的小裴不解地问："超哥，一会儿就要训练了，你把皮鞋擦得这么干净干吗？"

"擦干净了利索，只要上机飞行，我就绝不允许自己有半点瑕疵。"

"你每次上机前都这样吗？"

张超站在仪表镜前，双手捏住衣角，用力向下拽了拽，抻平了褶皱。

"都是如此。"

"怪不得你每次都飞得这么好。"小裴若有所思地站在门口，"值得学习！"

眨眼间，张超已经提起装具，站在门前。

"发什么呆呢？走吧。"他笑着拍了拍小裴的肩膀。

一路上，张超三步并作两步，走着走着小跑

起来。

"超哥,你急什么?早去了也不能早上机。"

"我就是想先去看看飞机……"

一会儿工夫,机棚内,战士们已经列队站好。这一次飞行考核,可没那么容易了,从教员脸上的表情便能窥探出一二,平时跟战友一起吃饭、洗衣服的他,此时不苟言笑,板着脸,审视着即将上机的战士们。

"我知道,你们都是各个飞行学院、航校里面的佼佼者,但是这里跟学校不一样,来到部队上,一切从头开始!"

一个很长的停顿后,他又继续说:

"从学员转变成战斗员,这意味着,你们担负着守卫领空疆土的重任!执行任务过程中,不乏紧急情况,甚至经常伴随危险!飞行绝不能儿戏。请你们时刻记住,零失误只是飞行的基本要素,我要你们做到更好!今天,是首长检验你们训练成果的时候,要成为一名优秀的飞行员,你们准备好了吗?"

"时刻准备着!"

战士们齐声喊着，震得发梢的汗珠掉在地上。

还是一样的起飞程序，检查、确认、等候指令……除了小裴飞僚机，还有五位参加考核的学员一同起飞。张超有一点儿紧张，他飞过长机，但是，这是他第一次带领六架战斗机飞临南海。

张超深吸一口气，战斗机腾空而起，直冲云霄。加速来得迅猛，把张超紧紧吸在座椅上，这熟悉的感觉，让先前的紧张感顿时烟消云散。他仿佛就是为了蓝天而生的雄鹰，只要到了天上，就没有什么可以难倒他的。

碧海蓝天，战斗机穿云疾飞。张超带领小裴他们飞过的这条航线，正是当年"海空卫士"王伟战备值班飞过的航线。

在南海的天空中，追寻着英雄的脚步，这是张超与王伟的相遇。

战斗机稳稳地落在跑道上，减速滑行至机棚内。指挥员看到飞行数据频频点头，亮出了优秀的成绩单。塔台根据飞行数据判断，战术动作操作规范，张超带领编队飞行，拿到了优秀的成绩，编队成员顺利通过考核。

迫降的"领头雁"

张超的飞行技术,在部队里有口皆碑,经常有战友问他飞行秘诀是什么,他说:"胆大心细,肯用功。"

每次在食堂吃完饭,张超就急匆匆地往外走,战友们拦住他问:"超哥,刚吃完饭,你这么着急去哪儿啊?"

"没啥事,我去飞模拟机,练习练习。"

"中午不午休啦?下午还有训练呢!"

"我本来中午也睡不着,还不如趁这时间找找飞行感觉。"张超说完,便一溜烟儿地跑了。

战友邓伟说他像一个百米运动员,已经跑出最好的成绩了,但他还要不断挑战自己,突破自己。

张超执行巡逻任务前往的西沙群岛，位于南海的西北部，海南岛东南方，历史上也叫千里长沙、万里石塘、宝石岛，是我国著名渔场之一，海域辽阔，海产丰富，也是南海航线的必经之路。在古代，那些满载着陶瓷、丝绸、香料的商船在此驶过，所以这里是"海上丝绸之路"的一部分。这里属于热带季风气候，湿度大，温度高，海面少雾，看起来气候条件很适合飞行，其实不然——西沙群岛所处的地理位置，经常受到台风侵袭。

正值夏季，轮到张超执行巡逻西沙群岛、战备值班的任务，张超驾驶战斗机腾空跃起，接着，一架架战斗机紧随其后逐一起飞。这次巡逻，张超多了一项附加任务——带着新战友熟悉巡逻航线。

天空中，七架战斗机按照训练时的阵列平稳地飞着，在张超驾驶的长机的带领下，战士们感觉不到丝毫紧张，紧紧跟随着他。云层很厚，像一大团没弹开的棉花，遮住了太阳的光芒。编队飞行的战斗机飞过的地方，留下长长的航迹，平行排列，就像五线谱一样，战斗机就是上面的音符。

张超驾驶战斗机飞入云层，云里的水汽扑在挡风玻璃上，来不及结成水珠，就被强大的气流吸走。张超察觉出一丝异样——空气湿度比往常大许多，但他并没有细想，继续按照航线巡逻。

西沙群岛距离部队营地有几百公里远，巡逻往返需要很长的时间，张超的飞行编队从南往北飞，按照航线飞行一周，再回到部队营地。这条航线一路上风景非常美，少雾的气候，天空可见度极高，下面是宽广蔚蓝的大海，经常可以看到过往的船只。往远处看，海与天相接，形成一条天际线。

雷达监测领空，当前飞行区域内无异常。张超刚松了一口气，转眼间，心就提到了嗓子眼儿——天空突然暗了下来，不远处，大片的洁白的云朵迅速向上凸起，形成高大的云山。云底陡然变成深色，以肉眼可见的速度向上蔓延，云峰开始模糊。前方空域顷刻间堆满了深灰色的云层，空气中湿度越来越大，尽管水汽很快被气流吸走，可越是往前飞，水汽就集结得越多。前方出现厚实的乌云，张超立刻辨认出，这是积雨云。

积雨云浓而厚，云体庞大，呈现在飞行编队眼前，犹如一座黑压压的大山，挡住了他们的飞行去路。这座"大山"缓缓滚动着，像是要压过来一样。张超一边向塔台汇报，一边迅速做出应对，通过无线电设备通知编队成员，改变飞行高度。

常年积累的理论学习，此刻派上了用场，张超脑海里闪现出气象知识：积雨云臃肿庞大，顶部开始冻结，轮廓模糊，有纤维结构，底部十分阴暗，常有雨幡及碎雨云。云底高度一般在两千米以下，云顶高度可达上万米。积雨云几乎总是形成降水，常伴有雷电、阵性降水、阵性大风及冰雹等天气现象，有时也伴有龙卷风，在特殊地区，甚至产生强烈的外旋气流——下击暴流。这是一种可以导致飞机坠毁的气流。

刹那间，张超有了应对办法和紧急避险措施。云层内气流不稳，云底大概率伴有雷暴，云顶一般会达到一万米的对流层，夏季湿润地区云顶的高度会更高。飞行编队驾驶的战斗机型号是歼-8，可在两万米的高空飞行。也就是说，只要上升到云顶上方，便可越过积雨云区域。

张超迅速下达指令："急速盘旋，爬升！"

张超带头，其余战斗机紧随其后。按照指令，先是急速转弯，调转方向后，立刻向上爬升。幸亏张超反应敏捷，行动迅速，拉开了战斗机与积雨云之间的距离，在急速爬升过程中，他们终于看到了云峰的大体位置，系统显示战斗机一切指标正常，飞行高度正常。

张超驾驶长机，带领编队从云峰上方飞过。这时候，积雨云的能量爆发了，云山开始崩塌，天空变得更暗了，伴随强风下起了暴雨。刚从危险中脱离，却又遇到了新的危险！而这一切，就发生在短短几分钟内。气象条件恶劣，飞行条件更是越来越恶劣。四周像是没有月亮和星星的黑夜，什么都看不清。经过长时间的飞行，战斗机的燃料所剩无几。

这时，团参谋传达了一条消息："海南机场均被浓积云覆盖，只有陵水机场，有三十分钟的窗口期可供降落。"

听到这里，张超犯难了。当前高度下，岛屿上一个机场，就像大海里的一叶扁舟，非常渺小。更何况在这样的气象条件下，根本看不见这"一叶扁舟"。

好在雷暴来得快，去得也快，现在几乎听不到雷声了。但是暴雨还在下着，要想看到陵水机场，就必须降低飞行高度，只有冲出云底才有降落的可能，而那片空域，是气象条件最恶劣的一处。如果云底较低的话，以歼-8的飞行速度，可能刚看清岛的位置，战斗机就已经紧贴陆地了，坠毁的风险非常大！

海天混沌，黑乎乎的一片，分不清哪里是海面，哪里是天空，更别提看见岛屿了！只能根据仪表上的高度显示，知道此时所处的位置。这个时候，雷达上出现了海南岛的方位，张超确定了岛屿的大体位置。无线电也传来陵水塔台的指示，塔台只能冒险让机群在本机场迫降，可是，在这样的危急关头，谁来当探路迫降的"领头雁"呢？团领导不约而同地想到了张超，他在同龄飞行员中，飞行技术是最优秀的！

虽然有三十分钟的窗口期，但塔台显示几乎没有降落条件，整座岛被乌云罩了起来，可见度极低，此时迫降无异于"盲降"。"复杂气象这道关，迟早是要过的，就当趁这个机会练练手。"张超给自己打气。

情况紧急，不容多想，张超当机立断，准备第一个迫降。"舍我其谁！"只要有一架战斗机迫降成功了，编队的战斗机就都可以降落了。

"请求塔台协助，准备迫降！"

张超俯冲下去，对照着仪表的高度显示和雷达显示，他的战斗机正处于陵水机场上空。暴雨如注，一片混沌。飞行高度越来越低，警报声响起："近地警告！"顾不得找机场了，张超拉杆爬升，一刹那，眼里闪过一个光点——是陵水机场指示降落的进近灯光。

塔台的指挥员也监测到了张超的战斗机，立刻追踪其位置。锁定后，传来了指示，实时播报跑道距离战斗机的具体方位，协助张超迫降。

"太好了！"张超根据指示，又一次俯冲下去，越来越低，越来越低……塔台里，团领导们，飞行编队的飞行员们，大家的心都悬了起来。

"一千二百米。"

此刻还看不到跑道。

"八百米。"

张超手心冒汗。

……

"四百米！"

警报声不间断响着："危险！""近地警告！"

终于，一条狭长的跑道出现在眼前！方位没有差错！张超迅速对准跑道，凭借高超的驾驶技术，成功避开跑道积水侧滑险情。飞驰的战斗机，在积满雨水的跑道上掀起数米高的水帘。塔台里，所有人都屏住了呼吸。减速伞打开，战斗机缓缓向前滑行，进入机棚内，稳稳地停了下来。

"我已成功降落。"无线电传来张超的语音。顿时，塔台里爆发了热烈的掌声。

在张超的示范引领下，六架战斗机依次在大雨中超气象强行着陆。直到最后一架战斗机滑进机棚时，所有人才长舒了一口气。

大雨滂沱中，张超就是一只搏击风雨的雄鹰，他勇敢地驾驶歼-8战斗机，率先冲出云层，在超气象条件下探路迫降，把所有飞行员都安全带了回来。

回家探亲

冬天来了,海南的冬天,温度普遍在二十摄氏度左右,而湖南岳阳的冬天则特别湿冷。

张超挂念家里的几位长辈,便专门托吉林老航校的战友买了一批羊毛背心,寄给家乡的亲人,一人一件。长辈们穿在身上,暖在心里:"这伢子从小就孝顺,出去这么多年了,还惦记着我们。有这份心,比穿啥都暖和!"

快过年了,张超迎来了一次难得的长假期,心里想着好久没回家看看了,便开始收拾行囊。在海南穿着夏季常服的张超,带上了许久未穿的厚棉衣、冬常服和飞行夹克,以及在部队获得的各种奖励证书,踏上了回家探亲的旅程。

他想：爸妈还没见过我穿新军装呢！这次回家穿给他们看看。

岳阳，大雪纷飞。张超不由得想起海南的沙滩、椰树和五指山，以及温柔的海风，翻卷的浪花，远处的斜阳。

天气很冷，一下车，张超打了个冷战。一天之内，经历了两个反差极大的"季节"，让他有些不适应，但熟悉的景色，却让他感到亲切和温暖。

前几年，张超的父母搬家了，不仅生活上更方便，张超回家探望也方便了许多，原本一天的路程，省去了转车的时间，这样大半天就到了。

再过两个路口就到家了，张超迈开大步，高帮军靴踩在雪地上，咯吱咯吱响。雪是新雪，松软洁白，把靴子衬得漆黑锃亮。离家越来越近，张超的脚步就越来越急。正是晚饭时间，他闻到了饭菜的香味。

家乡人做菜喜欢放点辣子，香味能飘出好远，这也是张超在海南天天想念的味道……

"真香啊！烧腊鱼。好吃，好吃。"吃饭的时候,张超捏起一块腊鱼放进嘴里。

"就知道你爱吃,刚做好,慢点吃。"母亲说。

"伢子,我有话跟你说。"父亲说。

原来,张超的老家筻口镇南沅村,准备修一条进村公路,希望每家捐点钱。张超听完后,从包里取出一沓钱:"修路是好事,咱们多出点。"

母亲说:"你在部队安了家,我们也搬到城里好多年了,捐点钱,心意到了就行了。"

"我工资高,比一般人条件好,就给乡亲们多出把力吧!"

后来,岳阳县筻口镇南沅村的公路如期修好,路旁竖立一块刻着修路捐款人名字的石碑。张胜华(张超父亲)捐款三千五百元,清晰地刻在石碑上。然而,很多人不知道,这笔钱是张超分两次捐赠的。

过完年,张超要回部队了,与父母道别后,他绕了一段路,来到岳阳七中,探望老师张随生。这是他每次休假都要做的事情。

每次,张老师与人谈论起张超,眼里都是爱意:"这个学生有出息,也有良心,老师们都喜欢他，以他为骄傲。"

老家的人也都夸张超"有出息，懂礼貌"。那一年春节，已经成长为一名军官的张超探亲回家，将街坊邻居都请到了厂区对面的餐馆里。他一身戎装，威武潇洒，对着乡亲们深情地敬礼。他说："谢谢大家这些年对我家的照顾。以后我不在家，还请大家多帮助我爸妈。"

张超每次休假回来，都要请街坊邻居们坐一坐，聊聊家常。

老厂长陈继岳说："张超真是个仁义的孩子啊！"

后来，张超一心扑在飞行上，回家的次数越来越少了，乡亲们都念着张超："超儿一走好些年了，再见面估计都不敢认了！啥时候回来，让超儿看看，村里的变化大着哩！"

守护南海

二〇一一年，初春。

七年前，张超刚进入空军航空大学的时候，按照空军的要求，要写"历史思想自传"。他是这样写的："一个国家，要国泰民安，最重要的一个方面，就是依靠强大的国防力量，特别是空中力量……"

张超一直在践行着"历史思想自传"里的话："飞最好的飞机，把最好的飞机飞得最好！"这是他一直追求的目标。

一个静谧的夜晚，温柔的晚风吹拂着海岛的椰树，一切都沉睡在月光里。一阵紧急的哨声响起，战士们迅速弹起，整装待发——为了锻炼部队全时段作战能力，团里组织下半夜、拂晓飞行训练。

夜间飞行参照物少，飞行员很容易感到视觉疲劳，产生空间错觉，甚至迷失方向。夜间飞行训练，能够很好地强化飞行员对目标进行搜索、识别和突击的能力，是必要的训练项目之一。

张超驾驶战斗机腾空而起，皎洁的月光下，战斗机熠熠生辉。七分钟后，张超感觉不对劲——飞机推力不正常地下降。他瞥了一眼液压表，发现液压指数突然降到最低正常限度以下，并仍在快速下降。液压装置一旦失灵，相关部位就会停止工作，将导致飞机操纵失控，那时战斗机就像一个做自由落体的金属块，后果不堪设想。判明是液压泄漏导致的故障后，张超立即向塔台报告。

高速飞行一旦遇到险情，生死之间，往往只有一秒之差。此刻，张超却没有丝毫慌乱，接到返航指令后，他迅速关闭一台发动机，规划好航线，平稳转向一百八十度，快速检查起落架收放装置，这时候液压指针已经趋近于"0"，一阵猛烈的抖动传来，战斗机越来越难操控了。张超凭着过硬的操纵本领，冷静处理，干脆利落地完成了一系列应急处置操作。在塔台的指挥引导下，最终安全降落在指定机场。这一场没有任何征兆就发生的险情，没有让张超产生恐惧，反而激发了他战胜艰险、勇攀险峰的斗志。

驻守南海的日子里，张超创下多项飞行纪录，先后获得"精飞标兵""夜航标兵"等荣誉称号。

团里的大队长说："张超心理素质确实好，临危不惧，越险越勇。"

过了一年，部队上组织了新的改装飞行——试飞歼-11B。这架当时最先进的国产战斗机，采用新型复合材料，重量比苏-27战斗机减少七百多公斤。此外，机载设备包括环境控制系统、全权限四余度电传飞控系统、火控系统、玻璃化座舱、碳碳刹车系统……这些先进的系统、技术全部是我国自行研制的，较上一代战斗机性能，几乎跃进了二十五年！

从看到歼-11B数据的那一刻起，张超就盯上了这架战斗机，为飞最好的战斗机做足了准备。最终，他在同批改装飞歼11-B机型的战友中首个放单飞，提前四个月完成改装任务，刷新多项纪录。张超娴熟的驾驶技术、高超的飞行技巧，得到了大家的认可，他也成为首批驾驶歼-11B飞临西沙永兴岛，执行战备任务的飞行员之一。

张超在部队上，一直是同批次战友的榜样，他刻苦训练，爱学习，爱钻研，每一次改装任务都是首个放单飞。

如今，驾驶着王伟那一代飞行员梦寐以求的歼-11B，张超把信念植于心中，与战友们一起，筑起了南海的空中长城。

可是，依然有外方军机抱有侥幸心理，偷偷潜入我国领空侦察。

初春的一天，张超负责战备值班。早晨，刚吃过早餐，一阵阵急促的战斗警报突然响起。他一跃而起，拎起飞行装备，一个箭步冲了出去。

警报声中，战斗机机翼下，已经挂载好数种装备——近距空对空导弹、低阻爆破炸弹、航空火箭弹……这是典型的近距离火力支援挂载方案。张超驾驶满载弹药的战斗机腾空而起，高速飞往任务空域。

平时战备任务都是双机起飞,但这次事出紧急,让张超这样年轻的飞行员单打独斗,指挥所有点放心不下。而张超却成竹在胸,一副坦然的样子。

目标空域内,正有一架外方侦察机,企图抵近我国岛礁侦察。发现外方侦察机后,张超迅速占据有利位置,紧紧咬住对方跟踪监视,并喊话:"你已接近中国领空!立即离开!"

外方侦察机却没有离开的意思,仍一步步接近我国领空,仗着大飞机的低速优势,故意一再降低飞行速度,企图甩开高速飞行的战斗机。张超驾驶的是高空高速截击机,低速飞行是它的短板。

张超一眼看穿了对方的小伎俩,果断放下襟翼,增加阻力,降低飞行速度,同时也增加飞机的升力,调整好飞行姿态,死死咬住外方侦察机。外方侦察机仍不死心,为了甩掉张超,继续减速飞行。张超冒着失速的危险,改变飞行速度,收起襟翼,在外方侦察机一侧做S形机动,用航程换取时间……先从高速降到低速,再从低速拉到高速,紧紧跟着外方侦察机,一番较量之后,外方侦察机只得调转航向,灰溜溜地飞走了。

张超圆满完成任务后,无线电设备里传来了指挥所的声音:"好样的!干得漂亮!"

这种载弹紧急驱离外方侦察机的任务,在张超的飞行生涯中,有十余次。每一次张超都能圆满完成任务,顺利归队。他用一道道航迹证明着,这里是中国的领空,这里有我们守护。

一次紧急任务,当日战备值班的飞行员驾驶歼-11B战斗机,在南海上空拦截了一架外方侦察机,甚至做了一个"桶滚"机动——越过外方侦察机头顶,空中翻滚一周后继续在另一侧保持航行,以此达到在不动用武力的情况下,驱离外方侦察机的目的。这样做,在驱离外方军机的同时,既不会造成人员伤亡,也对外方展现了我国强大的空军力量和博大的胸襟。

有一次,张超完成任务归来时,战友问他:"面对危险时,你怕不怕?"

张超说:"我选择成为一名飞行员,早已了解到飞行要经常面临风险挑战,甚至是生死考验,但我不会动摇,我的身后就是祖国和人民!"

以前,张超就听到过这样一个故事:

在王伟就读的飞行学院里,一位飞行员的毕业答辩会上,最后一个问题本应该是难度最大的一题,但评委却问了一个看似最简单的问题:"歼-5战斗机的机炮有多少发炮弹?"

飞行员不假思索地答道:"二百五十六发。"

他正在为自己答出标准答案松了一口气时,评委却严肃地告诉他:"是二百五十七发,如果最后机炮子弹告罄,而目标敌人仍然对祖国与人民有威胁,你和你的座机,就是最后一发炮弹!"

张超第一次听到这个故事时,深感震撼。王伟给他树立了榜样,故事给了他勇气。当晚,他在日记中写道:"飞行不仅仅是勇敢者的事业,更是我的使命所系、价值所在!"

一钩弯月,几颗星星,伴随他进入梦乡。

为爱坚守

　　张超在部队上,节俭是出了名的,节假日很少外出,也不见他给自己置办什么新衣服。同住一个宿舍的战友,见他洗发水用完后,灌点水又能用上好几天;打球时穿的运动服,还是老航校发的,他常年穿着运动,已经洗得发白。

　　但是,他帮助别人的时候,却很大方。

　　一位姓何的上等兵,因母亲做手术缺钱,急得团团转。张超得知后,一下子借给他两万元。

　　有战友私下问他:"一下拿出这么多钱,这个上等兵什么时候还得起?"

　　张超笑了笑:"救急,救急……"

　　有一年,腊月二十三,张超从葫芦岛乘坐列

车,回湖南岳阳老家过年。

临近春节,车站人满为患,车厢内也是人潮涌动。张超提着大包小包的行李,挤过层层人墙,总算找到了自己的座位,坐下后长舒一口气,庆幸自己车票买得早,不然这么长的车程真不知道该如何度过。

坐下没多久,张超看见一个熟悉的身影,拖着行李挤在人群中,正是平时给他保障飞机的战士闫黎凯。

"小闫,你回河南过年?在哪个车厢?哪个座?"

张超起身向他打招呼,并顺手接过他的行李。交谈中,张超得知小闫买的是站票。

"就坐这儿吧!"张超立马把他拉到自己的座位上。

闫黎凯不好意思坐下。

"超哥你坐吧,我站着就行。"

"客气啥?挤一挤暖和!"说着,张超把他按到座位上,两人挤着坐下。闫黎凯很感动,身边这个多次获得荣誉的飞行员,自己眼中的天之骄子，竟然一点儿架子都没有，像是一个大哥哥。

闫黎凯问他："超哥，怎么没坐飞机回去啊？"

闫黎凯不明白，像张超这样的飞行员，收入比较高，怎么回家过年也来挤这种硬座火车？

张超说："坐啥都一样，坐飞机还要先去沈阳，坐火车能直接到家，还便宜。我也在攒钱，准备给父母在市里买套房子。"

看着眼前的飞行员，闫黎凯打心底里佩服他，他不仅飞得好，还是一个勤俭节约的人。

后来，张超遇到了与他同样优秀的女孩——张亚。

张超这几年潜心在飞行事业上，一直没有成家，家里人为此很是着急。当时，在民航工作的表哥得知这个情况后，便从中牵线，介绍张亚与他认识。两人颇有缘分，大学时，张超在飞行学院，张亚在民航学校，又是同一个城市出生的，最终在表哥表嫂的撮合下，两人一见倾心，成为恋人。但他们一个训练任务繁重，一个工作节奏紧张，很少见面。

热恋时期，有一次，张亚到海南探望张超，正好张超第二天要飞行。按照规章制度，他不能离开部队，手机也要上交，他们无法联系。张亚联系不到他，就跑到操场，爬上围墙，往里望着他的宿舍，可是距离太远了，什么都看不到。

教导员巡查的时候发现了她，了解完情况后，通知了张超。但张超知道，作为军人就要严格遵守部队规定。他匆匆见了张亚一面，忍住内心的留恋和不舍，劝她先回家。

过了一段时间，张超依然像往常一样，参加训练，执行任务。本是寻常的一天，张超却收到一条不同寻常的信息："我们分手吧！"

这短短五个字，让张超浑身一颤，犹如面临重大险情。他不停地拨打张亚的电话，可始终在关机状态。无奈之下，他联系到她的同事，同事却说她最近休假了。张亚莫名其妙地提出分手，张超难以接受。

几经周折，张超终于从张亚的闺密那里打听到了实情：一天，张亚在航班任务中突然发病，全身红肿。结束任务后，她奔赴医院，可是检查的结果让她感到绝望。医生初步判断，她可能得了红斑狼疮。这种病很难治好，还会影响生育……她不忍心将病情告诉张超。

张超是个优秀的男人，我不能拖累他。张亚心想。

她从医院回去后，关上门哭了一上午，内心经过千万次挣扎，纵使心如刀割，但为了张超的幸福，她还是含着泪水提出了分手。万千苦衷只字未提，对张超深深的爱，也只能隐藏在这五个字之下。

张超的心都碎了，他担心女友的病情，不顾一切地夺门而出，向领导请假，他要去张亚身边照顾她。

朋友劝张超："算了吧，家里就你一根独苗，你爸妈是不会答应你娶一个病人为妻的。再说又不是你提出的分手，一名开战斗机的天之骄子，想找个什么样的找不到？"

该坚守还是放弃，张超心里早就有了答案：

"我一个大男人,既然选择了心爱的人,就要对她负责,不能因为这点变故就怕被拖累。越是这个时候,我越要更多地关心她、照顾她,再大的痛苦,我和她一起去承担。"

来到张亚身边,张超紧紧地抱住她,嘴里不住地说:"我们结婚吧,我要照顾你一辈子。"

接着,他掏出一张银行卡,硬塞到张亚的手里,说:"这是我存的十万块钱,你先拿着治病。"

听到如此真诚的告白,张亚再也掩饰不住自己的情绪,紧紧抱着张超,泪水喷涌而出。

张超每天为她端水喂药,寸步不离地守在她身边,住在同一病房的老人对他赞不绝口:"多好的小伙子!这闺女能有这样贴心的丈夫,真是上辈子修来的福啊!"

万幸的是,张亚最终的诊断结果只是暂时性免疫力下降导致的官能性机体紊乱,身体并无大碍。

时间回到许多年前的夏天,少年张超在志愿填报表上,执着地只填了一个志愿——空军航空大学。张超仿佛一根筋,一根筋地坚持,一根筋地要去一线部队,一根筋地坚守爱情……所有这些,最终都在他的坚持下开花、结果。

因为工作繁忙,张超和张亚的婚礼都是父母给操办的,直到结婚前一天,两人才匆匆赶回来,甚至挤不出时间拍一套婚纱照。

婚礼上,张超表达了对妻子的爱意,也表达了对双方父母的感恩。张超还不忘感谢坚守在一线的战友:"只有在我们的铁翼下,人民的生命财产才能得到保护,国家的经济才能得到发展,大家的钱包才能丰满。"

结婚后第二天,张超就归队训练了。为了飞行,两人聚少离多。他们长期分居两地,一个在海南,一个在杭州,见个面很不容易。

张亚想让张超陪在自己的身边,于是劝说张超来自己工作的民航公司,不仅待遇好,安全系数也比一线战斗员高,一家人还能在一起。两人商量过几次,但张超从未动心,他爱飞行爱到骨子里,给妻子打电话也是三句话不离飞行,一说到飞行就特别兴奋。时间久了,张亚也不再提了。

几个月后，张超在杭州疗养，张亚趁此机会把他推荐给民航公司领导。领导一见到张超就非常欣赏他，希望他来民航公司发展，没想到张超当面谢绝了。回到家后，他"教育"了妻子一番："如果所有飞行员都飞民航，谁来保卫我们的国家？没有强大的国防，哪有民航满世界安全飞行？"

张亚有些不甘心地说："我母亲说，你们战斗机飞行员是光荣的职业，怎么工资都不如民航？"

张超说："我们这些人，都是时刻准备好为祖国献身的，我们讲的是奉献，不是金钱。"

说归说，张超担心妻子不理解自己，便把自己的爱好、目标与人生理想和盘托出："上天能驾机，下海能着舰，这才是一名真正的海军。我特别想飞最尖端的战斗机，如果以后能为祖国的航母事业做一些贡献，哪怕粉身碎骨我也愿意。"

至此，一向通情达理的张亚，也终于明白了，成为翱翔蓝天的战斗机飞行员，是张超一生的不懈追求。

二〇一二年，张超晋升为海军航空兵团中队

长。为了支持张超的工作,张亚辞去了民航的空乘工作,经特招入伍来到海南,两人终于聚到一起,成为肩并肩的战友。

"我要上舰"

防守、突破、投篮……六个青年在球场上奔驰，他们三人为一组，相互对抗着，分别为自己的队伍激战夺分。换场休息，张超坐在场下，掏出一支笔和一个小本子，在上面写写画画，不时抬头看一眼球场上的"战况"，用心琢磨着战术套路。

"真正的猛士，绝不是横冲直撞，而应有勇有谋。"张超对战友们说，"这和打球同理，一场战斗下来，最累的不应是身子，而是脑子。"

这一天，战斗警报拉响，上级指示张超所在团派出战斗机，转场永兴岛机场，执行战备值班任务。突如其来的任务难度颇大，机场陌生、环境差异巨大、海上气象复杂、初次飞新航线、距离远……像是打一场没有准备的仗,未知的状况很多,每一种状况,对于飞行员来说都是不小的挑战,但张超没有退缩,主动请缨。

天高云淡,海天一色。

张超驾驶战斗机,率领编队,飞行一个多小时,才抵达永兴岛上空。永兴岛面积很小,地势平坦,岛上建有一条长度为两千五百米的跑道,使用大量硬性工程塑胶,以备大型军用运输机、预警机、重型战斗机使用。

与平常不同的是,这样一个高出海面五米的小岛,跑道的长度比部队上的军用机场跑道长度短很多。此外,天气、风向、风速、湿度等也与以往训练时差异巨大。尽管这样,也难不倒张超,他驾驶战斗机第一个俯冲下去,对准跑道下降,放下起落架,紧接着放减速伞,动作一气呵成。张超第一个以完美的动作降落在这距离短、风向变化快的小岛机场。

有一次,训练内容是空中抵达一个点,训练大纲对时间误差有着严格的要求。这种训练,在部队上算得上是常规训练了，由于要求严、难度大，在以前，飞行员们接到任务，事先会做大量的准备工作，但往往还是会误差超标。

首次参加训练归来时，尽管事先准备充足，但张超依然误差超标。既然靠常规方法不行，那么有没有既省力又准确的算法？心里怀着这个疑问，张超用了两个星期的时间，不断地琢磨、钻研，最终，以一个实用的算法，巧妙地把这个问题解决了。后来全团飞行员都用这种算法，确保空中准确无误到达任意一点。这种算法，在团里被称为"张超算法"。

成为优秀飞行员，体力、脑力、应变力等种种能力都需要具备。飞行员不仅思路要灵活，善于解决问题，更重要的是，要有发现问题的能力。许多飞行员按照要求飞，训练遇到阻碍时及时汇报。可这些阻碍在张超眼里，全变成一个个问号："为什么不行？""该怎么样去解决？""有没有更好、更便捷的方法呢？"一有问题，他便皱起眉头，苦苦思索着，想办法去解决。

这一天，微风摇着树叶，海里泛着浪花，晴

空万里，艳阳高照，是个好天气。团里组织战斗机空对地攻击训练，飞行员们个个信心满满，大步流星地走向战斗机，仿佛一切尽在掌控之中。

不一会儿，一架架载弹战斗机呼啸着升空，很快就到了目标空域内。塔台监控飞行数据，只见一架架战斗机在空中盘旋许久，没有按照指定战术任务进行实际操作。

一会儿，战斗机依次滑过机场跑道，减速伞一个个绽开。满载弹药起飞的战斗机，又满载弹药返回。飞行员们一脸无奈："构不成发射条件，弹投不下去。"

张超认真思考：为什么构不成发射条件？

为了解决这个问题，他和战友们一起，分工合作，采集了大量数据，进行数据推算。他们凭着这股子不服输的劲儿，经过缜密的计算推导，大量的模拟实验，成功地找到了突破口，解决了这一难题。从这以后，团里的空对地投弹，克服了诸多不利因素，命中率一直很高。

二〇一二年九月二十五日，中国首艘航空母舰"辽宁舰"正式交接入列，交付中国海军。航空母舰，是目前人类所掌握与使用的最先进的海上军事平台，被视作一个国家综合国力和海军实力的象征；对于提高中国海军综合作战力量，发展远海合作与应对非传统安全威胁能力，有效维护国家主权、安全和发展利益，促进世界和平发展，具有重要意义。

"辽宁舰"装备入列标志着中国没有航母的历史从此结束。威武的"辽宁舰"算上舰岛，有二十层楼那么高，舰上设施一应俱全，宛如漂浮在海中央的一座岛。

同年，十一月二十三日，航母甲板上，一道道阻拦索在静静地等待着战斗机的降落。海军特级飞行员戴明盟，驾驶歼-15战斗机，首次成功完成了在"辽宁舰"上滑跃起飞与阻拦着舰。战斗机闪耀着太阳的光辉，呼啸着在航母上空画出优美的弧线，正式开启了中国海军的航母时代。

当张超在电视上看到这一振奋人心的画面时，受到了前所未有的触动。

"我要上舰！"他想飞舰载机，飞向更高、更远的天空。

彰显国家意志的航母，要真正形成战斗力，就必须尽快培养出一批成熟的舰载机飞行员，而飞行员也必须熟练掌握舰载机上舰飞行技术。

刀尖上的舞者

蔚蓝苍穹之下,碧海清波之上,守卫蓝天的战士,在海岛上默默坚守。张超日复一日地积极练兵备战,在训练、学习上更是大胆创新突破,为了理想与信念,不断提高自己飞行需要的素质和能力。

一次,张超驾机执行战备巡逻任务。本是寻常的任务,可是,起飞后不久,战斗机却突然开始剧烈抖动,故障来源于左发动机骤停。冷汗顺着他的脸颊流了下来,塔台监控到飞行异常,地勤人员的心都提到嗓子眼儿了。

这是张超第一次遭遇空中"停车",他迫使自己冷静下来,迅速关闭左发动机油门,同时调整右发动机油门，此时战斗机极难操控，像是一匹脱缰的野马，在空中左突右撞。

张超一边计算返航路线，与塔台沟通降落航线，一边不断修正失去平衡的战斗机，调整飞行姿态，与这匹"野马"较量着，所有人都为他捏了一把冷汗。

不一会儿，张超逐渐稳住了失控的战斗机，抓住机会成功驾驶故障战斗机返航。落地后，所有人都长舒了一口气："真不愧是张超！"

"厉害，佩服！"

张超不仅冷静果断地处理好了空中停车事故，而且救回了差点就要损失的战斗机。张超因为在这次面对飞机空中故障时的出色表现，受到团党委的表彰，团党委发给他一笔奖金。

"这要是让妻子知道了该有多担心啊！"拿到这笔意义非同寻常的奖金，过了许久，张超想起事故，仍然心有余悸。

"丈夫的安全永远是第一位，这样的钱，宁愿永远不要有！"贤惠的张亚却高兴不起来。

作为妻子，她的心一直在张超的身上，随着

他起起落落。

可是,张超所从事的飞行事业,危险系数很高,要做到坦然面对生死,靠的是对飞行事业的热爱和对祖国的忠诚。

张超怀揣更大的梦想——飞"飞鲨"舰载机。于是,他更加勤奋地磨炼飞行本领,因为越强大的飞行员,在面对危险时,越会多一份从容。

舰载机上舰飞行难度极高,被喻为"刀尖上的舞蹈",而舰载机飞行员,则被称为"刀尖上的舞者"。危险与否,张超不去考虑,他铁了心地要飞"飞鲨"战斗机,做"刀尖上的舞者",把个人追求融入强军兴军的伟大事业中,把个人理想转化为报国之志。

二〇一三年,张超晋升为副营职。

这一天,是妻子张亚的生日,在外地执行任务的张超打电话跟妻子说,他给她准备了一个特别的礼物,需要有人在家接收。挂断电话后,张亚匆匆忙忙赶回家,心里犯嘀咕:超在外地,每年过生日都不送我礼物,情人节也不在身边,这次到底寄了什么特别的礼物?

到了家门口,张亚环顾四周,并没有包裹,一切像出门前一样。

"真是奇怪,说好的礼物呢?"她轻声嘟囔着,"难道张超记错时间啦?"

她掏出钥匙打开门,瞬间愣住了,只见张超笑嘻嘻地向她走来,给了她一个大大的拥抱:"怎么样?这个礼物喜欢吗?"

原来,张超提前完成任务回到了家,给妻子准备了一个惊喜。那年的生日,张亚特别开心,因为张超能够回来陪她。

虽然在同一个部队,但两人相聚的时间还是短暂的。张超经常外出执行任务,每次他在天上飞,张亚就在地面默默守候,每次战备值班,她的心都悬着。

二〇一四年,张超与张亚终于有了爱情的结晶,迎来女儿的出生。为了照顾好家庭,张超把父母接到部队上,一家人团聚了。张亚也逐渐适应了部队上的生活,内心有一种前所未有的踏实与幸福感。

国家的航母事业疾速发展,需要培养大量优

秀舰载机飞行员,不久,便开始从三代机部队遴选舰载战斗机飞行员。消息传到部队上,张超说:"要干就干最难的,要飞就飞舰载机!"他第一个递交了申请表。

二〇一五年,温暖潮湿的海风,轻抚着这座南方小岛。休假一结束,张超立刻投入紧张的飞行训练中。一岁多的女儿咿咿呀呀地叫着爸爸妈妈,越来越讨人喜欢了,给部队上的生活带来不少欢乐。团里也传来好消息:已经上报提拔张超为副大队长。

机会总是垂青有准备的人。为尽快培养出一批成熟的舰载机飞行员,这一天,舰载机英雄试飞员戴明盟来到张超所在部队挑选飞行员。

张超按捺不住兴奋的心情,对戴明盟说:"我非常仰慕您,特别想成为你们'飞鲨'战队的一员!"

戴明盟看着他灼灼的目光,问:"你知道这里面的风险吗?"

张超坚定地说:"知道,但我就是想来!要干就干最难的,要飞就飞舰载机。"

部队上考虑到张超已经成家，孩子也刚出生不久，对于选拔张超做舰载机飞行员一事有些犹豫。

张超又特意找到戴明盟，说："我真的很想飞舰载机，天大的困难我都可以克服。"

最终，张超的诚意打动了戴明盟，张超如愿参加了舰载机飞行员的选拔。

一个周五的黄昏，张亚在厨房里忙着做菜，门外下班回家的张超，大声喊着她的小名："甜阿里，我回来了！"

张亚问他："什么事情这么开心？"

张超说："团里选拔舰载机飞行员，我报了名。"

张亚一听，沉默不语，她的心又悬了起来。

张超看出了妻子的担心，不断地安慰她："优秀的飞行员一定要'上天能驾机，下海能着舰'，我不想错过。"

"难道你就一点儿都不怕吗？出现了'万一'怎么办？"

"放心吧，我技术好，再说了，因为风险，你不飞，我不飞，那谁上去飞？"

张亚没再说什么，她很理解张超，他爱飞行就像爱她一样，他的爱像湛蓝的天空、辽阔的大海。

"中国人即使有了航母，十年内也玩不转舰载机。"当年外方的言论，深深刺痛了张超的心。从那刻起，他立志飞好舰载机，为中国的航母事业贡献自己的力量。

最终，张超以第一名的考核成绩，成为一名舰载机飞行员。

三月十五日，是张超启程去往北方训练的日子。出发前一晚，刚下过雨的空气清新自然，夹杂着泥土的芳香，一弯月亮高高地挂在天上。战友们组织起来，为他饯行，大家把酒言欢，载歌载舞。

时间渐晚，张超拿起话筒，坚定地说："现在离开南海，是为了将来更好地保卫南海，我们航母舰载机的航迹，必定会走向深蓝！"

说罢，他深情地唱起了《男子汉去飞行》：

蓝天下走着一队年轻的鹰，
有几个女孩在一旁说个不停，
问可是那银幕上的硬派英雄？
问可是那竞技场的健美明星？
默默一笑，我们走得匆匆，
年轻的鹰群属于深邃的天空。
潇洒和英武，我们挥洒在云海，
男子汉去飞行，去呀去飞行！
蓝天下走着一队年轻的鹰，
有几个女孩在一旁祝我成功，
请我们用彩色拉烟编织花环，
请我们夜航回来捎回几粒星星。
飞翔的生活，并非浪漫神话，
搏击过风云才能够读懂天空。
蓝色的日记，我们写满了勇敢，
男子汉去飞行，去呀去飞行！

歌声在这静谧的夜空里回荡，从南海飘向北方。

刀尖上的舞者

空中"飞鲨"

二〇一五年三月,意气风发的张超,来到辽东湾畔舰载航空兵部队。

作为超常规培养的插班生,同班的同学早就开始了学习训练,张超必须跟上前一批次的训练。这意味着,他要在一年之内,赶上同学们两年的训练量,完成所有的任务。

来到舰载部队之前,张超是一名已服役十一年的优秀三代机飞行员,先后驾驶过六种机型,每一次改装都是首个放单飞。即便如此,张超依然感觉吃不消——舰载机着舰可与其他型号战斗机着陆不同。

固定翼舰载机飞行员的危险系数,是航天员

的五倍，是一般战斗机飞行员的二十倍。航母飞行甲板跑道不到陆地机场的百分之十，飞行员在高空看到的飞行甲板，就像一片在大洋上漂浮的树叶，更何况航母在大海中始终向前航行，对于战斗机的速度、角度、降落时机的把握要求极其苛刻。因此，舰载机飞行才会被称作"刀尖上的舞蹈"。

如果把舰载机飞行员比作舞者的话，那么刀尖就是航母飞行甲板的跑道。甲板上有四根阻拦索，每根阻拦索间隔十米左右。歼-15战斗机重二十余吨，以几百公里的时速降落，必须精确地让飞机的尾钩钩住其中一根阻拦索，有效着舰区域只有几十米。

张超以往的训练，降落在陆地机场时，可以减速平飞，而驾驶舰载机着舰必须加速，舰载机尾钩钩住阻拦索后，与阻拦索连接的装置能够在两到三秒内快速吸收舰载机高速着陆的动能，在茫茫大海上把舰载机高速拦停。而一旦战斗机未能钩住阻拦索，必须能快速拉升逃逸。航母阻拦索是舰载机名副其实的生命线。

舰载战斗机飞行员着舰采用的是"反驱操纵",对油门的控制与陆基飞机完全不同,这是一次操纵习惯上的颠覆,也是飞行理念上的革新,意味着从前的飞行习惯全部要"重置"。对于张超来说,服役十一年来培养的肌肉记忆全部要"重启",改掉老习惯,尽快培养起新的肌肉记忆。

面对全新的武器装备、全新的训练模式、全新的操纵习惯,一切都得从零开始。为了航母梦,"插班生"张超开始疯狂地训练,如果他能在一年之内追上战友两年的训练量,说明新的训练方案是可行的,这将大大加快舰载机飞行员培训进程。

为了早日上舰,不给整个班次"拖后腿",张超不放过任何一个学习的机会。教学时,他目光紧紧地盯着教员,生怕漏过一句话、一个字,一有时间就缠着上过舰的飞行员求教。他白天学习理论、飞模拟机,晚上总结一天的训练经验,整理成笔记,睡觉前还要回忆一遍操作。就这样,仅仅用一个多月时间,他就完成了某型教练机理论改装。

张超很快进入状态，平日训练间隙也不去打篮球，只要有时间就泡在模拟机上；节假日也不外出，战友仅有几次与他相遇，也是见他骑着自行车去加班训练，无论刮风还是下雨，都阻止不了张超去训练的步伐。每天晚上的睡前时间，是他最开心的时刻。就像准时参加训练一样，这个时候，张超会准时拿出手机与女儿视频通话，无论他有多忙多累，看到女儿时，脸上永远是阳光灿烂，眼神变得温柔如水。

张超的微信名是"含含爸-查理"。这个奇怪的名字承载着这个年轻飞行员的牵挂与梦想。"含含"是张超女儿的小名，他不止一次地对战友说，要让自己的女儿成为世界上最幸福的孩子。而"查理"则是指国际海事信号旗中的查理信号。国际海事信号旗是国际通用的通信旗帜，由四十面旗号所组成，包含字母旗二十六面，数字旗十面，代表旗三面，回答/简码旗一面。除了组合信文外，每面旗号皆有其代表含义，包括了海上航行的各种情况。查理信号是指单字母信号C，它表示肯定。在舰载战斗机飞行领域，这是每一个新飞行员梦寐以求听到的信号，只要听到这个信号，就代表着他们即将完成第一次着舰飞行，成为一名真正的舰载战斗机飞行员。家与国，所有的牵挂与期盼，浓缩在这个名字里。

二〇一五年五月，张超凭借优异的成绩，晋升为海军舰载航空兵部队中队长，是副营职干部。

为了尽快掌握舰载飞行规律，张超挤出更多时间飞模拟机，把自己"绑"在模拟机上，困了就趴在模拟机上睡一会儿，醒了继续飞。

一次，战友去飞模拟机，走近时发现模拟机里趴着一个人，那人抬起头来，搓搓脸，又握住了操纵杆。战友定睛一看，原来是张超。此刻，张超在全神贯注地飞模拟机，完全没有注意到他。

短短半年时间，张超的模拟机飞行时间就高达数百小时，正常模拟飞行与实际飞行时间比是1:1，张超却达到了惊人的3:1，他用了仅仅六个月的时间就追平了训练进度。这是一种高强度的训练，一般人根本承受不住。

战友问他："你不累吗？"

张超说："累，但我很快乐！"

部队团参谋长徐英，平日里与张超接触很多，张超一有什么问题就跑去向他请教，直到把问题搞明白了才肯罢休。张超的心态很好，平时犯错误了，徐英训完他，不一会儿，他又笑着跑来问问题，丝毫不往心里去，眼里只有飞行。

有一次，徐英问了张超一个技术问题，张超当场认真解答。半夜，张超敲开徐英的宿舍门，拿出一张纸递给他，说："我怕有疏漏，重新查资料整理了一遍。"

第二天，天刚亮，张超又去找徐英，不好意思地说："昨晚打电话给战友，发现有个数据搞错了。"

徐英没有想到，自己随口一问，竟得到张超三次认真的答复，不禁被张超真诚和严谨的工作作风所打动。

张超以一种忘我的境界不断训练，用十个月时间完成了所有任务，飞行技术突飞猛进。相比于其他战友，张超完成任务仅用了一半时间。他对战斗机座舱内上百个飞行仪表和电门做到了"一摸准",几百个操纵动作和程序记得丝毫不差,近百个空中特情处置方案也是倒背如流。凭借着超乎常人的勤奋,张超很快掌握了舰载机飞行的要领,以全优的成绩转入实际飞行。

"人民海军要想飞向远海大洋,就要有一群不畏风雨的雄鹰,哪怕是付出生命的代价,也要振翅高飞!"这是张超对舰载飞行的态度。

功夫不负有心人,张超终于可以驾驶着梦寐以求的第三代战斗机——歼-15,驰骋在海天之间。这架多用途舰载战斗机具有全海域、全空域打击能力,被誉为凶猛强悍的"空中飞鲨"。

陆基模拟着舰训练,是所有舰载机飞行员必须完成的训练任务,只有通过这一关,才具备在航空母舰着舰的资格。模拟着舰训练,在一个长三十六米,宽二十五米的场地,是一比一模拟辽宁舰有效着陆区的狭窄跑道,但是实际有效着陆区仅仅两米见方,有一个别样的称呼——黑区。黑区之所以被称为黑区,是因为这个狭小区域内的黑色痕迹,是飞行员驾驶战斗机着陆时,轮胎与地面一次次剧烈摩擦留下的。

训练初期，团长张叶观测飞行数据时，发现张超在油门使用上存在痼癖动作，这些细小动作，在陆地上气流相对稳定时，可以忽略不计，但上舰飞行，在舰尾流、舰岛流等综合作用下会非常危险。张叶提出这个问题后，没想到经过两个多月的反复练习，张超就做出了极大的改变，建立了新的动态平衡，养成了良好的操作习惯。

无数个夜晚，张超不断总结自己的飞行体会："我们走过的每一步都要留下足迹，让后面的人，沿着我们的足迹向前走。"

向着大海的方向降落

在舰载部队,每个宿舍门前都贴着飞行员们自己的人生格言,张超宿舍门前的格言是这样写的:"文能提笔安天下,武能跨马定乾坤。"

张超在部队上也是以"文武双全"的高标准要求自己,他常说:"海空对决,战场态势瞬息万变,飞行员的大脑要像高速运转的计算机。"

飞行不是简单地靠肌肉记忆去完成的一件事情,更多的是靠自己的知识储备。

舰载航空兵团新型战斗机装备了非制导武器,团里把对地攻击训练提上了日程,可新型战斗机搭载新型武器,对于新飞行员来说掌握起来难度颇大,需要有一套完整详细的方法帮助飞行员们从理论上切入，但是这个项目训练相关的教学法却是空白，导致训练计划迟迟不能推进，团里的领导对此很着急。

张超听到新的训练计划不能上马的原因后，主动向团领导请缨，表示自己可以编写一套教学法，应用到舰载航空兵部队。团领导最初有些犹豫，张超作为"插班生"，用极短的时间完成了训练任务，现在正参与模拟着舰训练，平日学习、训练任务量不减反增，每天加班加点地训练，担心他身体吃不消。

张超却笑着一拍胸脯："保证完成任务！"

从接受任务这天起，张超四处收集经典战例、海战资料、敌情信息、外军视频等，在飞行间隙，利用业余时间完成了教学法编写任务，填补了新型武器训练项目教学法的空白，为新战斗力的形成铺设了一条通道。每次执行飞行任务后，都与地勤人员充分沟通交流，总结经验。

十四度仰角，是航母滑跃甲板的角度，是"飞鲨"从航母起飞切入天空的角度，也是梦想启航的角度。

向着大海的方向降落

二〇一六年，距离上舰的时间越来越近了，张超只要完成全部架次飞行，就能取得上舰资质了。也是在这一年，张超晋升为少校正营职飞行员。因为忙于训练，他没有去拍佩戴少校正营职军衔资历章的证件照。

每一次训练结束后，张超总会打电话向家人报平安，或者与女儿视频通话。这一天，结束了一天的训练，张超收到了妻子张亚寄来的礼物——一条腰带。

在视频通话中，张亚让他试试新腰带合不合适，随即看到张超腰间的腰带松松垮垮的，便问："最近是不是瘦了？"

张超怕妻子担心，连忙说："哪里啊？分明是腰带太长了。"

眼见快要取得上舰资质了，张超对妻子说："等驾机着舰那天，我一定把迎接我的那束鲜花留给你。"

看着视频里刚学会说话的女儿，听她甜甜地叫着"爸爸"，张超的心都要融化了。

张超向妻子承诺，下次休假时，就一起去海

边，补拍一套婚纱照。

挂掉视频电话，张超在战友丁阳的房间抽屉里看到了他的"航母上舰资质证章"，张超一下子被吸引住，看得眼睛发亮，拿起证章在手里摩挲。

"超，送给你了。"

张超无比自信地说："我不要你的，很快我也会有的！"

四月二十七日，按照训练计划，张超和战友们要飞三个架次的低空、超低空训练。驾驶战斗机出发前，张超轻轻拍了拍"飞鲨"："兄弟，出发了。"

在他眼中，战斗机就是亲密战友。

弹射指挥官对着飞行员向上伸出拇指——这是舰载机起飞手势，是示意飞行员检查完毕，一切正常的指令动作；紧接着又下蹲屈身，右手臂迅速上扬——这是示意放下止动轮挡和偏流板，飞机可以起飞。张超看到这个指令后，驾驶"飞鲨"腾空而起……

第二架次刚飞完，海面薄雾涌起，可见度越

来越低，于是第三架次被调整为陆基模拟着舰训练。

张超参照着舰载机助降装置给出的信号，修正下滑角度，紧接着编号117的银灰色"飞鲨"尾部喷射着蓝色火光，在他的操纵下，沿着标准下滑线呼啸而过，战斗机后轮率先触地，落在模拟航母甲板的第三道阻拦索前四到五米的位置，落点位置简直完美，指挥官惊呼一声："漂亮！"随即在记录板上打出了本场次的最高分。

飞行员们在休息室，等待张超飞完这个架次一起转场。塔台里，部队长戴明盟和团长张叶正在一起商议第二天的飞行计划。

这时，张超驾驶"飞鲨"，前轮刚着地，突然，无线电耳麦里传来急促的语音警告："电传故障，检查操纵故障信号……"

所有人的心，瞬间提到了嗓子眼儿，大家都惊出一身冷汗。电传故障是"飞鲨"最高等级故障，人工无法修复，一旦发生，意味着战斗机即将失控！

这时候，"飞鲨"滑跑时速已经超过了二百四十公里,像一匹受惊的野马,机头高高仰起,尾椎蹭地,火花四下飞溅。

着舰指挥官和塔台指挥员对着无线电设备大喊:"跳伞!跳伞!跳伞!"

醒目的弹射手柄就在手边,只要一拉就可以跳伞逃生。在生死抉择的瞬间,张超将操纵杆一推到底,紧紧握住,牢牢把定,试图控制住失控的战斗机,挽救这架造价数亿、早已经成为他亲密战友的"飞鲨"。但是,战斗机没有丝毫响应。

机头仰角超过了八十度,近乎垂直于地面,骤然跃起二十多米,猛然下坠。

战斗机已经完全失控,无奈之下,张超终于拉动弹射手柄,砰的一声,冲破周围的嘈杂声,震响在每一个人的心里。张超连同座椅一并弹出,轰隆一声巨响,战斗机摔向跑道,冒出滚滚浓烟。而张超弹射高度太低,角度太差,早已超过了安全边界极限,救生伞还没来得及展开,张超就重重摔在地上。

张叶和战友们飞奔过来,迅速摘下张超的氧气面罩和头盔,大声呼喊着他的名字。

从突发电传故障的12时59分11.6秒到12时59分16秒拉动弹射手柄跳伞，4.4秒的生死瞬间，张超依然竭力挽救战斗机，错失了实施自救的机会。

身为舰载机飞行员，张超心里早就知道——战斗机系统集成程度很高，一旦出现故障，留给飞行员的处置余地很小，可他还是没有放弃，力图挽救"飞鲨"。救护车疾驰而来，在漫长的二十分钟的路程里，张超嘴里吐着鲜血，大口喘着粗气，他问团长："团长，我是不是要死了，再也飞不了了？"张叶把头转向一边，强忍着泪水，他没有想到这竟成了与张超最后的告别。在剧烈的撞击中，张超的腹腔内脏击穿了胸膈肌，全部挤进了胸腔，心脏、肝脏、脾、肺严重受损，回天乏术。

二〇一六年四月二十七日十五时零八分，距事发仅两小时，噩耗传来：张超经抢救无效壮烈牺牲。一颗勇敢的心脏永远停止了跳动。

同一天，张亚登上驶往沈阳的火车，她曾与张超约定，先去沈阳看朋友，再趁五一假期来部队看他。此时张亚还不知道，这天中午张超突发事故，已经牺牲……直到她登录微信，看到一条条祈祷的信息，慌了神，忙联系副团长孙宝嵩。

担心张亚知道实情后情绪失控，孙宝嵩撒了一个善意的谎言："飞机出故障，张超跳伞了，人还没找到。"

"求求你们别放弃。"

孙宝嵩只好继续安慰道："人已经找到，正在抢救。"

"严重吗？我俩都是AB型血，如果需要就抽我的血。"

见到张超遗体的那一刻，一切希望都崩塌了。张超牺牲前，张亚说过好几次要来部队看他，张超总是回道："等我上完舰。"这一次，他总算同意了，没想到还未见，已是天人永隔……

"求求你，再叫我一声老婆，再叫我一声亲爱的……"张亚含泪吻着他冰冷的嘴唇，剪下自己的一绺头发，放进他的上衣口袋。

"爸爸，我要爸爸，爸爸去哪儿了？……"两岁多的女儿含含，一声声地喊爸爸。

中华先锋人物故事汇　张　超

"我们会带着你的证章，飞上航母，完成你未竟的心愿……"战友们强忍悲痛，轻轻换下他胸前的飞行等级证章。

张超已经是一级飞行员，因为标识还没有配发到位，直到牺牲时一直佩戴二级飞行员胸标。张超在距离胜利只有咫尺之遥的地方倒下了，团参谋长徐英扯下自己的一级飞行员胸标，工整地别在张超的胸前。他想让张超带着这份荣誉离开。

湖南岳阳，是少年逐梦开始的地方，也是英雄长眠的地方。刚到舰载部队不久，张超就对张亚说："如果我牺牲了，就把我的骨灰撒到大海里。"

二〇一六年五月五日，岳阳市烈士陵园内，添了一块崭新的墓碑，英雄魂归故乡。张亚躬身轻轻抚摸着墓碑，仿佛在轻抚丈夫的脸颊。她想起张超曾经对她说的话，口中喃喃道："以前都是听你的，这次你得听我的，把你葬在这里，我要一直陪着你。" 树影斑驳，风声呼啸，如泣如诉……

艾群与张超同住一个宿舍,张超牺牲后,飞行大队教导员看到宿舍的门前依然挂着那句熟悉的"文能提笔安天下,武能跨马定乾坤",可是亲密的战友已经远去……教导员强忍悲痛,踌躇着开口:"艾群,团里让我问问,想给你换个宿舍。"

"谢谢教导员,我和张超住了这么久,跟兄弟一样,我不忌讳这个,还想住这个房间。"艾群的回答没有一丝犹豫。

餐厅里,饭菜冒着热气,战友们围坐在一起。大队长王勇从冰箱里拿出一罐腌萝卜干,给战友们分了一些,将剩下的又仔细地放好。在部队的时候,张超想念家乡的咸香味道,便趁着清明节休假,带来了这一罐腌萝卜干,每次吃饭前,他都会大方地取出一些,跟战友们分享,大家也都爱吃。没想到,当初张超这一罐想念家乡的菜肴,现在变成了战友们思念他的味道。

徐英面前放着两杯茶,君山银针的香味,一会儿就填满了屋子。徐英望着茶杯出神,每次他想张超的时候,就取出张超送给他的茶叶,泡两

杯茶,一杯自饮,一杯留给张超。桌面上一个翻开的笔记本,上面有一首诗。这是他写给张超的:

> 你是先去了南海的沙滩,
> 还是自由地飞上了大船?
> 你是带着疼痛继续奋战,
> 还是在梦里来到了云端?
> 忘不了你的声音你的脸,
> 会记住你的笑容你的眼,
> 我会把你深深放在心底,
> 那样你就不会走得太远,
> 那一个地方是你的所在,
> 那里安宁平静天空蔚蓝,
> ……

二〇一七年二月八日,中央电视台播出"感动中国2016年度人物颁奖盛典",张超被评选为"感动中国2016年度人物"。颁奖词这样写道:

那四点四秒，祖国失去了优秀的儿子。你循着英雄的传奇而来，向着大海的方向去。降落，你对准航母的跑道，再次起飞，你是战友的航标。

张超一直追寻着王伟的脚步，循着英雄的足迹前进，最终也成为英雄。

二〇一六年，中央军委主席习近平签署命令，追授张超"逐梦海天的强军先锋"荣誉称号。

二〇一八年，中共中央追授张超"全国优秀共产党员"称号。经中央军委批准，增加"逐梦海天的强军先锋"张超为全军挂像英模。

张超牺牲后，他未完成的心愿，战友们一直记在心里。

这一天，舰载部队的飞行员列队站齐，一个个精神抖擞，伴随着"辽宁舰"甲板黑区的一声震响，艾群着舰成功。从悬梯下来时，艾群小心翼翼地从怀里掏出一个小小的手电筒，这个黑色的手电筒是张超的遗物。艾群对战友们说："我知道他特别想上舰，他飞得那么好，所以我把他的小手电筒带来了，就当我们兄弟一起上来了。"

昔日战友以这种方式圆了张超上舰的梦。

戴明盟站在张超坠地后的那片草地上，面对全体飞行员说："同志们，张超是为人民海军航母舰载机事业牺牲的第一位英烈，他既是一座精神丰碑，更是我们前进的路标。"

微风拂过辽东湾，一架架"飞鲨"，迎着太阳，呼啸着起航，戴明盟第一个，张叶第二个，徐英第三个……